漫長迂迴的路

亦舒

天地

www.cosmosbooks.com.hk

書　名　亦舒珍藏本—— 漫長迂迴的路

作　者　亦　舒

出　版　天地圖書有限公司

香港皇后大道東109-115號智群商業中心十三字樓

電話：2528 3671　傳真：2865 2609

印　刷　亨泰印刷有限公司

柴灣利眾街德景工業大廈十字樓

電話：2896 3687　傳真：2558 1902

發　行　香港聯合書刊物流有限公司

香港新界大埔汀麗路36號中華商務印刷大廈3字樓

電話：2150 2100　傳真：2407 3062

出版日期　二OO八年九月／初版・香港

他的貨櫃車駛出嶺崗口岸，轉入較為偏僻的地區，不久就看到前方有車阻路，一個女子站在公路中央，混身鮮血，另一個衣衫不整，瘋婦般張開雙手揮舞叫喊。

「停車，救人，停車，救人！」

巨型的貨櫃車在公路上幾乎無敵，他到底年輕，雖然聽説過無數次這條路上會有千奇百怪的事情發生，但也不能見死不救，他緩緩駛停車子。

這是一個月黑風高的晚上，遠處有隱隱雷聲。

女子撲向車窗，滿咀鮮血，衣不蔽體，全身顫抖。

躺在地上那個受了重傷，只會呻吟，她們駕駛的小型房車撞得稀爛，滾在路邊，車頭正冒煙。

他怵目心驚，立刻取出手提電話打緊急號碼，接着，他推開車門下車。

雙腳才站到地下，他想向那女子伸出援手，忽然之間，那年輕女子抹去咀角鮮血，露出一個詭異的微笑。

笑，在這種時候笑？

他正覺不妥，腦後卜一聲被重物擊中，一陣劇痛，眼前金星亂冒，倒臥地上。

失去知覺之前，他還來得及聽到有人喊：「快！快！」

地上那個垂死女子一骨碌自地上爬起，這時，天上忽然電光霍霍，忽辣辣響起一個激雷。

他吐出一口氣，接着什麼也不知道了。

醒來時在醫院的病床上。

蹲在他身邊輕聲哭泣的是母親。

他握緊她的手。

看護走進來說：「王千歲，你終於醒來了，警方要向你問話。」

王千歲輕輕問：「我的手腳俱在？」

「你後腦縫了七針，頭骨破裂，瘀血腫脹，醫生已為你做過手術，可望全部復元，王千歲，你真是一個幸運的人。」

他母親聽見看護那樣說，又開始飲泣。

他父親早已辭世，母親只得他一個孩子，這幾天不眠不休，擔足心事。

警務人員接着進來問話。

王千歲把他知道的全部講出。

那剛健婀娜的女警官笑說：「你思路清楚，腦袋肯定無事，不必擔心。」
千歲也笑。
「你可記得那兩個女子容貌？」
「年輕、好身段、染金髮、滿臉血。」
「你當時絲毫沒有懷疑之心？」
千歲無奈，「道具、特技、演技都那麼逼真。」
警官點頭，「很難怪你，有許多司機上當受騙。」
「我的貨車呢？」
「整個貨櫃連車架全被偷走，只剩一個車頭。」
千歲整個人跳起來，「什麼？」
警官也驚歎，「賊公計，狀元才，你可知貨櫃裏裝的是什麼？」
「煙與酒。」
「不錯，但我們懷疑還有一些別的。」
他舉起雙手，「與我無關。」

「我們明白。」

她站起來離去。

這時，醫生忽忽進來。

那也是一個年輕漂亮的女子，臉若冰霜，「你是王千歲？」

千歲點頭，呵，這許多女子擔當要職。

「我要與病人單獨講話。」

病人母親只得退出去。

醫生取過病歷，看牢王千歲，「王先生，你染上一種因性接觸引致的疾病，需要即時醫治。」

千歲張大咀，又合攏，頭頂似被人淋了一盆冰水。

「你因禍得福，若不是重傷入院，性病蔓延，一樣致命。」

她的聲音冷漠平靜，把尷尬程度減至最低，但是王千歲嚇得發抖。

愛滋病，他得了愛滋病！

醫生瞪着他，「這麼怕，就應當採取安全措施，不，你真正幸運，不是愛滋，但亦不能掉以輕心，需按三期服藥，這病可以治癒。」

王千歲像是在鬼門關上兜一轉回來，滿背脊冷汗。

「還有，你得即時與女伴聯絡，叫她們立刻就醫，遲者自誤。」

王千歲低下頭，這時他整個頭顱羞慚發燙，一冷一熱，混身被汗濕透。

醫生走出房間。

接着，親友來探訪他，王千歲十分羞慚，閉上雙眼，佯裝睡着，不去招呼。

很快，他們也散去，病房靜了下來，千歲看到一包包橘子，加在一起，大約百來枚。

一星期後，他出院了。

王千歲是夜更貨櫃車司機。

他走一條又長又迂迴的路，這條路，同孫悟空當年跟隨師傅取西經的路一樣，充滿妖魔鬼怪，每次都叫他心驚膽戰，全神貫注。

他一考到貨車駕駛執照就走上這條路。

大伯開設一間小小後巷修車行，三叔是著名富商鄧樹燊的私人司機，他自小不喜讀書，七八歲時腿還不夠長踩到油門，已經坐上司機位扭動駕駛盤，咀巴呼呼作聲。

十三四歲已開得一手好車，成年後他在三叔介紹下去做私人司機，半夜去接太太，年輕寂寞的她喝醉酒，一直哭泣，他轉過頭，她伸出雙臂摟住他，被管家看到，第二天便遭到解雇。

大伯於是說：「你去開貨櫃車吧，收入好，辛苦不妨。」

就這樣，幾年過去。

王千歲永遠不會厭倦開車，黑暗的公路上俗稱貓眼的反光釘一閃一閃，許多已被撬起偷走，但仍然似不住朝他眨眼，勁風朝他面孔撲來，他覺得暢快，平日的屈辱彷彿得到申訴。

巨型貨櫃車在公路上是無敵霸王，社會身份卑微的王千歲一坐上駕駛位便自覺迅速升級。

那種快感難以形容。

痊癒後他在白晝駕車再往那條路駛去。

當日出事地點一絲痕跡也不留，各類車子呼嘯來回，再也猜不到一個年輕司機幾乎在此喪命。

他回家去。

大伯叫他去相見。

修車行叮叮搭搭永遠有人在敲打燒焊，化學品奇怪氣味漫溢廠房，在學校實驗室做一格冰都戴保護鏡，在這個地方卻肆意而為，反正從未發生過爆炸、火災或洩漏毒氣。

大伯放一張長櫈在門口，叫千歲坐。

他笑笑說：「千歲你不賭不煙不酒，其實算是個好孩子，不是你愛女人，而是她們不放過你。」

千歲的堂兄金源笑着叫過來，「換給我吧，死也情願。」

「忠告過你多少次不得在公路上停車。」

千歲不出聲。

大伯說：「去年初實施廿四小時通關後，經嶺崗口岸過境人次勁升四成，使該區成為跨境直通公路車及十四座位的肥豬肉，我買了部車子，你去走這條線吧。」

金源放下手上工夫，走起來，查看千歲頭頂。

「唷，腦袋真的開了花，縫得像科學怪人。」

新出短髮繞過疤痕雜亂生長，三分趣怪，七分可怖。

「說，那兩個女子是否像蜘蛛精？」

他推兄弟肩膀。

這時，一輛紅色小跑車駛近停下，簇新跑車左門撞凹，分明是搶先出大路，與人相碰。

車門打開，一個妙齡女子下車，大伯連忙上去招呼。

金源輕輕說：「鄧樹桑的幼女，他們家車壞了總到這裏修整。」

那女子穿白襯衫與窄腳牛仔褲，配一雙血紅色極細跟高跟鞋，整個人打扮得似時裝畫中模特兒，千歲別轉頭去，不去看她。

但是他覺得她在看他，且一直與修車行主人兜搭，不願離去。

千歲被盯得渾身不自在，他本來光着上身，忍不住抓來一件破布衫套上。

他聽到高跟鞋走近，連忙低下頭，剛好看到那雙妖異的漆皮紅鞋兒。

她放下一張名片，「有空找我。」她說。

然後鞋子咯咯咯走開。

終於大伯過來問：「為什麼不講話？」

千歲圈起拇指與食指，鬆開，彈向那張名片，卡片飛出去落在一桶硫酸裏，吱一聲，冒出輕煙。

千歲站起來，「我回家去。」

「你有時間跟金源走走那條路。」

「明白。」

千歲除了駕車根本不想做別的事，他駕走一輛小房車，在公路上兜了好幾個圈子才回家去。

家破舊但不狹小，真是不幸中大幸，救火車不夠上小路，寬敞老屋不能拆卸重建，自露台看出去，還剩一小片蔚藍海洋風景，整年都有孩子在天台上放老式紙風箏，簡直像上一個世紀風情。

母親正在拖地，看見他，怪高興，這樣說：「有人要借我們屋子拍電影呢。」

「你答允沒有？」

「我拒絕了，那多吵鬧。」

「做得好。」

「千歲，我在想，你也該結婚了。你爸剩下些許積蓄，正好替你成家。」

千歲微笑，「誰要我。」

「你怎可妄自菲薄。」

千歲走到露台上，「人要有自知之明。」

「沒有女朋友？」

「一個也沒有。」

「我看蟠桃對你就有意思。」

「她們都是一個式樣；開頭溫婉動人，有商有量，天天跑來叫伯母，走得近了，臉色漸變，事事要由她作主，等到結了婚，除出娘家，不認別人，那時，男人正式成為家奴。」

他母親忍着笑，「你都看穿了。」

千歲說：「只得我媽是例外。」

他握住母親的手。

「我做了你最喜歡的雞粥，來，喝一碗。」

「滿肚子水。」

「路上吃得馬虎，家裏要吃好些。」

這時，有人敲門，一個少女探頭進來，「千歲哥在家嗎？」身段凹凸分明的她捧着雪白薑蘭及水果來看他。

千歲的母親立刻笑容滿面開了門，「進來進來。」

千歲又別轉面孔。

這一陣子他看見女人就害怕。

他站起來走到附近叫「歡喜人」的小茶室去吃醬油牛排，那種盛在熱鐵板上捧出來吱吱發響冒煙通世界都沒有的美食，配上大杯檀島咖啡，其味無窮。

女侍應叫安娜，同他很熟，趁沒人，坐在他隔壁桌子上抹糖瓶，有一句沒一句問他話。「寂寞嗎」，「晚上做些什麼」，「看過那套叫『心事終虛話』的文藝片沒有」……

平時千歲總是含笑不語，這次他覺得無比煩膩。

飽餐一頓放下飯錢就走了。

他想到醫生忠告，把車一直駛出去。

過了嶺崗口岸，一樣土地一樣風景，不知怎地，卻有一種荒涼感覺，白天看出去，鄉鎮路口擺着「按摩」、「洗頭」、「檳榔啤酒」的木牌廣告破舊乏力，一點說服力也無，與晚上閃爍的霓虹燈大不相同。

他停下車來。

店門都半掩着，一個壯漢咀角吊着香煙詫異地走出，「這麼早？」他身邊一條黃狗搖着尾巴。

千歲臉色凝重，他認得招牌：華美按摩。

他下車輕輕問：「小紅在嗎？」

「她們晚上十時才來。」

「我有急事找她。」

「什麼急事？」

千歲不笨，他笑說：「還錢。」他掏出鈔票。

「我幫你轉交。」

「那沒誠意。」

千歲數兩百元給他。

「我去看看她可是在後邊休息。」

半晌，一個年輕女子推開玻璃門出來。

她穿極短體育褲，小背心，露出青黃色乾燥皮膚，白天看去，像極營養不良，同晚上化了妝完全不同相貌。

「你是小紅？」

那女子點點頭，伸出手去拿鈔票。

「我是你人客。」

她一怔，聳聳肩，一點表情也沒有。

「我有病，由你傳染給我。」

她一聽就跳起來想反駁。

他按住她，「我只怪自己，我不是來算賬，只是警告你，你得去看醫生。」

她牽牽咀角。

太陽光下的她頭髮枯燥，大黑眼圈、咀角有明顯膿瘡，千歲不敢逼視。

她靜下來，仍然一言不發。

「我把話說完了，再見。」

他只想盡快離開這個地方，他站起來上車。

只見一條路上都是應運而生的招牌：「中西」、「美人」、「溫柔鄉」、「仙風池」……

他記得去年秋天，他的貨櫃車駛過這裏，只見師傅與師兄們紛紛停住，笑着下車，撩起七彩塑膠珠簾，走進店裏。

他正在觀望，一個年輕女子捧着「華美」招牌走近，向他笑。

那招牌四周有轉動的紅綠小燈泡，不住閃動，像聖誕節裝飾，把女子面孔掩映得像隻洋娃娃。

她穿着小背心短褲高跟拖鞋，肉質看上去光滑豐碩，只有十八九年紀，笑容可掬，「我叫小紅，你，先生，收你五百塊。」

千歲聽說過可以還價，但是不知怎地，開不了口。

「下車來呀。」

他推開門下車，就這麼一次，兄弟吹起牛來，也好有個話題。

他鎖上車門，跟小紅進店。

他照規矩先付錢，小小板房裏故意掛着一盞紅燈泡，照得職業女子膚色紅粉緋緋更加吸引。

那女子問：「沒有女朋友？」

他不答。

「為什麼到這裏來?」

他想了想，忽然這樣說：「這條路，走了千百次，越來越徬徨，都不知通往哪裏。」

誰知那女子輕輕說：「通往我這裏。」

「幾時可以停下來?」

「現在先休息一會，我幫你揉揉肩膀。」

「我是一個窮家子，又不愛讀書，我沒有前途。」

女子格格笑，「你想太多了。」

她開了一瓶啤酒遞給他。

他也覺得自己奇怪，怎麼會在那種時候說起那種話來。

那女子靠攏來。

那已是去年秋季的事了。

他忽然覺得無比的寂寞荒涼，有些老司機頭髮已經斑白，仍然撐着跑長途，時時唉聲歎氣，千歲認為那就是他未來的寫照：一路上不住喝水訴苦想當年，吐完苦水又不忘告訴手足們，某村某屋裏，有他新娶妻子，才廿三歲，明年初生養，是個男胎。

千歲覺得他們猥瑣：什麼都不懂，單擅繁殖，子又生子，孫又生孫。

沒想到，年輕的他更加醜惡。

醫生同他解釋過，這種病，醫好之好，十多年後，仍然可以在血液中驗得出來，是個終身瘡疤。

他歎口氣。

回到家中，堂兄正等他。

「去了哪裏，等你大半天。」

千歲說：「你又沒有預約。」

堂兄推他的頭，「你是銀行大班，見你還需預約。」

兩兄弟結伴出門。

到了旺角，金源指給千歲看：「這裏高峰期一晚有一百多部車子任意設站，等候乘客。」

千歲見到車子停滿幾條街，燈火通明，人來人往，絡繹不絕，每條路上都有幾個售票員，大聲叫喊：「去嶺崗，還有六個空位，即刻開車！」

「單程三十元，來回五十五！」

金源笑説：「該處是重災區，其實所有地鐵站、火車站附近，都有站頭。」

千歲看得發呆，「這是幾時興起的生意？」

「去年嶺崗實施廿四小時通關，政府對跨境載客車的配額放鬆，該行應運而生，兄弟，腦筋要轉得快。否則餓死人。」

「啊，都是為着三餐一宿。」千歲感慨。

金源取笑他，「我們人人只是為着兩餐，千歲，只剩你有理想，你最偉大。」

千歲裝作聽不見，「做得到生意嗎？」

「你這句話真外行，有生意在先，才有人來投資，這是學校裏老師説的：有求必有供。」

呵，説到經濟學理論上去了。

千歲抬起頭，只見城市霓虹燈把天空照成詭異的暗紅色，一顆星也看不見。

「這些車載客到哪裏？」

「跨境去中禺、横山、宗山，但見嶺崗客多，全部去嶺崗，比駕長途貨車簡單得多，已替你取得兩地客運營業證。」

「多謝大伯，多謝源哥。」

「來，與你去吃甜粥。」

「我不嗜甜。」

「怪不得身段那麼好，看我，一個水泡圈住腰圍。」

「源嫂愛你不就得了。」

「源嫂，十劃沒有一撇，她媽不喜歡我，說我是個粗人。」

千歲不服，「那麼，叫她女兒嫁白領斯文人：學士月薪七千，碩士一萬二。」

「你太市儈。」

到底是粗人，兩兄弟嘻哈大笑。

半晌，金源問：「你為什麼不喜讀書？」

「我也不明，」千歲搔頭，「怕是沒有興趣，書上每個字都會跳舞，不歸一，不知說些什麼，為何要學三角幾何，日常生活幾時用到那些？又為什麼學天文地理，歷史社會？我可不關心人類是否從猿猴進化，抑或大氣層如何形成？」

「粗人！」

兩兄弟又笑得絕倒。

他們自幼合得來，好比親兄弟一般。

金源打電話叫女友出來，千歲先走一步。

回到家裏，發覺母親在看舊照相簿。

七彩照片有點褪色，有千歲第一天上小學時穿校服十分神氣模樣。

「第一天上學就被同學取笑名字俗氣，他們都叫國棟、家樑、偉民、文良、興華。」

母親笑着翻過一頁，「千歲這名字才好呢。」

「誰要活上一千歲。」

千歲最喜與母親抬槓，這樣，寡母的日子容易過些。

「我如活上一百歲，看到曾孫出生，就夠高興的了。」

「他們又叫什麼名字？」

「王家興、王家旺、王家發、王家好、王家和、王家齊……」

千歲怪叫起來。

母子笑成一團。

他們也有開心的時候，那晚千歲睡得很好，夢見父親回來找他。

他心底知道父親已經辭世，故此關心地問：「爸，什麼事？」

「找你喝茶去。」

「我拿件外套。」

一轉身，父親已經不見。

夢中父親只得三十餘歲，滿面笑容，穿唐裝，頭髮油亮光滑，像是剛從理髮店出來。

過兩日，千歲覺得他的身體可以支持，他恢復了夜更司機生涯。

每晚十時許，他離家開工。

蟠桃送來一件吉祥物，千歲順手掛在車頭，討個吉兆。

十四座位車頂還裝着一架小小電視錄映機，如果沒有女客，可以播放較為大膽的影片，這也是生意經。

一連幾星期車子滿載客人。

不知怎地，千歲只覺人越多他越寂寞。

滿車是人，喧嘩吵鬧之際，他甚至想哭。

——一個老婦牽着外孫小手上車來，她教小孩唱歌：「搖搖搖，搖到外婆橋，外婆叫我好寶寶，一塊糕，一塊糖，吃得寶寶笑呵呵。」

車上其餘人客也跟着唱。

千歲一聲不出。

漸有客人專候他的車。

「這司機年輕、專注、斯文，途中又一言不發。」

原來不發一言是如此難能可貴，從前，只以為是愧不能言，可見世道漸趨成熟。

女客挑司機，她們怕黑壯大漢，駛到偏僻地區，誰知會發生什麼事。

故此一見千歲，便立刻上車。

一夜，有一個年輕女子，帶着兩個十歲左右女兒上車。

「三個一起，車費收便宜點。」

千歲搖頭。

那三角眼，橫臉的女子立時發作，喃喃咒罵，忽然遷怒兩個孩子，無故伸手拍打，咀裏說：「淨懂得吃睡玩，又不見你倆勤力讀書，陳家女兒聰明，李家女兒會做家務，你倆會什麼？」越來越挑剔。

這時車上已坐滿客人，車子本來就要開動出發，那女子在車廂中卻宛如演説般越罵越起勁，其他乘客敢怒而不敢言。

這時她忽然甩手一巴掌打向女兒，「打死你這種廢物」，小孩低頭不出聲。

千歲忍無可忍，轉過頭來，「你！」他指着那女子，「你噤聲，你再説一句話，我趕你下車。」

那女人驚駭，罵遍天下，她從未遇過敵手，況且，她又不是罵別人，難道打罵自家孩子都不行。

她剛想發難，一抬頭，看到銅鈴似一雙大眼瞪着她。

那司機又説：「你坐到最後座去，不准再出聲。」

沒想到後座一個乘客立刻讓位，不由那悍婦不乖乖坐到後邊，這時，其他乘客忽然齊聲鼓掌。

她為什麼不帶着孩子下車？沒人知道。

千歲大聲説：「開車。」

一直到目的地，女子都沒有再講一句話。

乘客請兩個孩子吃餅乾果汁，有人輕輕勸：「不開心也不可拿孩子出氣。」

車子停下，乘客紛紛下車，有人說：「司機你做得好。」

千歲也不知他自什麼地方來的勇氣，這時的他低頭不語，也許，他同那女子一般憤怒。

金源說過，有求必有供，千歲看見一大群衣着暴露的年輕女子走近勾搭眾司機。

她們咀裏嚷：「我們這裏選檳榔西施，請司機投票，冠軍可得房車一輛，亞軍則往香港旅行。」

「我是七號幸運號碼。」

「我是十八號，選我會發財。」

「投票站就在前邊，在表格上寫下車牌號碼，投下即可。請投三號一票。」

司機們笑逐顏開，紛紛掏腰包買檳榔。

這時忽然下雨，西施們也不怕，冒着雨向司機攀談，送上笑臉。

雨水混着泥斑濺在腿上，她們並不介意，這三餐一宿來得不易，誰敢小覷她們。

有人敲他的車窗，他重重吁出一口氣，打開玻璃，付上一百元。

窗外少女遞上一包檳榔，「先生，投我一票，記住，二十一號，記住啊。」

拉票技術，不下政客。

坐滿客人，千歲又開動車子。

那一年，經嶺崗出入境的旅客已增至二千四百四十多萬人次，比上一年增加四成多。

不開工，千歲也沒閑着，他把車子裏外沖洗打掃得乾乾淨淨，所有鬆脱破爛部份全部修妥，整條街最漂亮的車就是他那架。

大伯說：「這麼勤力，照說做苦力也會發達。」

千歲不出聲。

他的傳染病已受控制，但仍需服藥，頭上傷口復元，在頭髮遮掩下，已經看不出來。

他彷彿是痊癒了。

一日，蟠桃來看他。

「清明，結伴掃墓好不好?」

千歲輕輕說：「掃墓不是節日。」

蟠桃說：「你開車負責接載，我去準備食物花束，大家合作。」

這也是辦法，兩家人合在一家辦事。

千歲點點頭。

蟠桃仍然吱唔着不走。

千歲知道她的意思，他又輕輕説：「蟠桃，我不適合你，你應當找一個老老實實，工作定時，會聽你話的男伴。」

蟠桃走近，忽然握住千歲強壯手臂，輕輕撫揉，「我喜歡你。」她説得再直接沒有。

千歲也講得更加明白：「我配不上你。」

「胡説，你家做修車，我家做木工裝修，剛剛好。」

千歲進一步拒絕，「我沒打算成家。」

蟠桃十分激動，「做朋友行嗎？」她紅着臉落下淚來。

「我不想耽擱你，同我走得近，你的名聲會受影響。」

蟠桃終於明白了，「你不喜歡我。」

「不不。」千歲辯白，忽然他又承認：「不是那種喜歡。」

蟠桃抹乾眼淚，仍然不願放開千歲手臂。

「我會當你妹妹一般。」

「我已有三個親兄弟。」

「你看你多幸福。」

蟠桃低頭，忽然問：「你喜歡什麼樣的女子？」

「我一點主意也沒有。我還沒資格找女朋友。」

「你並無意中人？」蟠桃心中又燃起一絲希望。

「我還有點事要出去。」

他獨自到歡喜人茶室去吃菠蘿刨冰。

雨下得更大了。

冰室裏只有他一個客人，玻璃門外貼着古舊的雪山圖案，表示室內冷氣開放，裝修三十年沒變過，老闆娘一邊點數目，一邊唉聲歎氣抱怨生意欠佳，「全盛時期，這裏擠滿英文書院學生」，她說。

那日，安娜告假。

伙計一下沒一下在拖瓷磚地板，稍後遞上刨冰。

老闆娘忽然問千歲：「你喜歡什麼樣的女朋友？」

千歲嚇一跳，不出聲。

「面孔要漂亮，身段高䠷，可是這樣？」

千歲點點頭。

老闆娘笑：「會讀書、彈琴、文靜、高雅。」

千歲也笑起來。

「最重要的是愛你愛得不得了。」

穿着髒制服的伙計插咀：「那樣的人，哪裏去找？」

老闆娘說：「安娜今日相親去了，不知結局如何。」

千歲在冰室門外站了一會，雨好像沒有停下的意思。

一個穿白衣白裙的女學生背着書包打着傘站在對面馬路，手裏挽着小提琴盒，大眼睛長直髮尖下巴，正好同老闆娘形容的美少女一模一樣。

可是不到一會兒，一輛小小房車駛近停下，有個保母下車，接過少女手上雨傘琴盒，讓少女先上車，她跟着上去，關上車門，司機把車開走，呵，身份矜貴，遙不可及。

千歲看完這一幕，轉身回家。

三叔在等他。

「回來了，你媽說近日你心情欠佳。」

「我沒事，三叔，找我什麼事？」

「千歲，找你幫忙。」

「三叔千萬別這麼客氣。」

「我要回鄉辦事，想煩你到鄧家做一個禮拜替工，你晚上仍然可以開十四座位。」

千歲答：「沒問題。」

「鄧家上下都十分和善，你可以放心。」

「明白。」

「你媽怕你太辛苦。」

「絕對沒有問題。」

三叔說：「也難怪，只得你一個呢。」

千歲只是陪笑。

「下月一號到七號，記住了。」

三叔站起來，千歲的母親連忙出來送客。

他對寡嫂十分尊敬，每次來都放下一些現金，叔嫂客氣一番，兩個人四隻眼睛不覺紅起來，「二哥供我讀書……」三叔說。

他終於走了。

母親解釋：「三叔的意思是，服務一家，勝過走江湖。」

千歲忽然笑了，「王千歲跑江湖，哈哈哈，似一齣戲名。」

「蠢小孩。」

「媽，最好我不要長大。」

他母親看牢他，「不，長大了我才放心，萬一什麼三長兩短，方得安樂。」

「還有一百年要過呢。」

都說日子難熬，可是都戀戀紅塵，最好活到一百歲，不過，見了人，又忙着替他們減壽：「你越來越年輕了，怎麼看都不像五十歲，至多只有三十多」。可能嗎，當然不，可是對方即刻笑逐顏開。

千歲陪着母親一整天。

他把電器取出搬到露台逐件修理，沒事的也擦亮，接着洗地抹窗，出了幾身汗。

斜對面露台，有兩個少女，靜靜看了他一整天。

千歲當然不知道，他做完後淋浴休息。

晚上，又出去開車。

載滿乘客，車子出發。

那一晚，坐在頭位即司機座後邊一個女客不住落淚。

廿多歲，長得秀麗，頭髮紮成馬尾，衣着也整齊，不知什麼，叫她傷心。

也不知怎麼竟有那樣多眼淚。

淚水流到雙頰，她用手帕抹去，自旺角一直流到嶺崗，她靜靜下車。

苗條背影很快消失在轉角。

可是不到三十分鐘她又回轉，仍然上千歲的車，坐在同樣位置上，照舊落淚。

千歲在倒後鏡裏看她，忍不住，遞給她一盒紙巾及一瓶礦泉水。

她向他頷首道謝，還是哭。

到這個時候，她彷彿已經哭了整天，雙眼紅腫。

同樣一雙眼，在笑的時候，一定非常好看。

千歲輕輕說：「不值得。」

那女子一怔，側起頭，細細聆聽。

千歲輕輕說下去：「留不住，就不是你的，也只得撒手，算了。」

這時車已坐滿，他的聲音雖低，可是人人聽見，大家都靜了下來，誰沒有遭遇過感情挫折？都聽明白了，想起失意苦楚，都如同身受。

接着，千歲大喝一聲：「開車！」

大家又笑起來。

同車也是緣份，說得難聽點，車子剷下山坑，他們就滾成一堆，無分彼此。

那女子漸漸止哭。

千歲把車子開得快且穩。

到了旺角，已是凌晨，人人下車，只剩那女客。

千歲轉過頭去，「總站，我收工了。」

女子點頭，「謝謝你指路。」

「不客氣，同車共濟。」

「我不是失戀。」

千歲微笑，「勝敗乃兵家常事：不是你撇我，就是我撇你，一定有更好的在前頭，提起勇氣，從頭來過。」

那女子忽然笑了，露出雪白牙齒，「司機你真有趣。」

笑容使她一臉明媚。

她輕輕說：「是家母，苦命的她病重，我剛才去看她。」

啊，原來如此。

「不能久留，因為過幾個鐘頭就要上班。」

千歲只得同情地說：「保重。」

她下車走了。

平時不多話的千歲一坐上司機位覺得他有個責任，像船長對整條船的生命負責一般，船沉下去，他也得跟着犧牲，不能棄船，他得照顧他的乘客。

第二天清早，金源與他到師傅處練詠春。
師傅一邊教一邊示範，忽然有朋友來找，走開招呼，叫他倆繼續。
那朋友卻駐足看了很久。
他在師傅耳邊說了幾句話才告辭。
稍後師傅笑說：「那是我的朋友洪導演，問你們可有興趣拍電影。」
兩兄弟互望一眼，一起答：「我們修車開車就很高興。」
師傅大笑，「好，好，練武原為強身。」
防身才真，經過上次遇劫，千歲發奮圖強。
金源給他一支啤酒，千歲搖頭。
金源忽然說：「我女友下個月到多倫多去，不回來了。」
千歲一呆，「你們不是已論到婚嫁？」
「如何婚嫁，我住車房樓上，怎樣娶她？」
「你可搬回家中。」
「她不願與他們住，要求買獨立住所，屋契寫她一個人名字。」

「據我所知，大伯也願意替你置業。」

「但爸不肯把血汗錢贈給女方。」

「條件那麼多？」

「女人總希望得到一點保障，這已是最低要求，是我沒有能力。」

「她愛你不夠。」

金源歎口氣，「不能那樣說，已經在一起三年，女子有幾個三年？是我耽擱了她，沒理由叫她一輩子吃苦熬窮，人望高處嘛。」

「她去多倫多做過埠新娘？」

「說是學英文，我不清楚，人一走哪裏還管得了。」

「你打算怎麼辦？」

「多灌幾罐啤酒，借酒消愁，勤買獎券，希望中獎。」

千歲覺得好笑。

「三年多。」金源感歎地說。

千歲都開始叫她源嫂。

那女子五官平凡，卻有非常健美身段，同蟠桃一樣巨胸。

不過，今後也成為歷史。

幸虧金源並沒有因此憎恨女性，他又開始指東指西，對經過女性評頭品足。

兩兄弟兩個光棍。

過兩天，毋須拉攏，金源已頻頻來千歲家，藉故與蟠桃攀談，兩人都覺投機。

千歲獨自到歡喜人吃刨冰。

安娜回來了，老闆娘說：「安娜下月起不做啦，安娜要嫁人啦。」

千歲不出聲。

他有點欷歔，女子大了非嫁人不可，經不起擺，一個個都結婚生子去。

他自小在歡喜人喝茶飲冰吃牛排，安娜一直遞茶遞水，彼此都有好感。

這下子可得說再見了。

可是，安娜臉上一點喜氣也沒有。

她又在清理鹽瓶糖瓶。

「那人住荷蘭，安娜不諳荷語。」

安娜咕噥：「不知學到幾時去。」

老闆娘比較樂觀，「子女會就行了，幫你做翻譯。」

真奇怪，廿一世紀，還這麼多盲婚啞嫁，一宗接一宗，妙齡女子們浮萍似飄流到異鄉去覓前程，可憐。

為什麼？

追求更好的生活，一夫一妻，獨門獨戶，會說兩國語言的子女……可是，那人是個好人嗎。

老闆娘笑嘻嘻，「千歲好像不捨得，你放心，那是一戶殷實人家，父母在哥本哈根做雜貨店，我也見過，男方身體健康，無不良嗜好，安娜可望三年抱兩。」

從此，歡喜人茶餐廳裏再也沒有標致女侍應一邊擦瓶子一邊陪他閑聊。

千歲自始至終沒說過半句話，他恍然若失。

他喝完刨冰，站起來離去。

在斜坡，安娜追上來。

她輕輕問：「你會留我嗎？」

千歲搖搖頭，他攤開雙手，表示他一無所有，哪有資格留人。

安娜黯然垂頭轉身往回走。

之後，千歲再也沒見過安娜，他記得她一雙手因時時泡在水裏，指節總有點紅腫，一雙穿舊了的黑色平跟鞋面上時有食物湯水漬子，就是那麼多。

追求較好的生活是應該的，荷蘭是一個極其美麗的歐洲小國家，民風純樸，華人不知怎地，竟去得那麼遠。

一號清早，三叔提醒他：「千歲，記得往鄧宅去開工。」

千歲換上白襯衫黑長褲準時到鄧宅報到，三叔把他介紹給管家，然後忙自己的事去了。

管家告訴他：「你主要工作是接載大小姐。」

鄧家大小姐，千歲想起那雙血紅漆皮高跟鞋。

金源說過，只有兩種人穿紅鞋兒：小女孩及妓女。

他在員工休息室喝茶看報等大小姐出門，幾個外籍女傭忽然都跑來坐他對面看着他笑。

管家板着面孔問：「你們都放假嗎？」

她們只得急急離去。

「大小姐下來了。」

千歲放下報紙到車房把黑色房車駛出來。

他看見一個身形苗條穿灰色套裝的年輕女子上車來。

她穿雙斯文大方半跟鞋，不，不是那紅鞋兒。

大小姐是另外一個人。

她有一張小小鵝蛋臉，五官不算突出，但是清秀脱俗，有股書卷氣，她向司機説聲早。

她利用乘車時間翻閱筆記。

除了身高，大小姐好似什麼都小一號，看上去纖細文雅，與她妹妹完全不同類型。

車子在中區遇到交通擠塞，停了十分鐘，大小姐絲毫沒有不耐煩的意思。

千歲往大學堂駛去，車子停在停車場，大小姐説：「司機，下午三時請到同樣位置接我，謝謝你。」

千歲立刻答是。

「請」與「謝謝」是魔術字，叫人耳朵受用。

大小姐下車，他看到後座有一本筆記，封面是一隻七彩斑斕大蝴蝶，下邊注明：黃斑青蛺蝶，只發現於新畿內亞的罕有品種。

蝴蝶？

這時車裏電話響了，是大小姐的聲音：「司機，請你留意一下，我漏了一本筆記在車廂，勞駕你送到接待處。」

「我立刻去。」

接待員接過筆記本，「鄧博士說謝謝你。」

鄧博士。

接待員隨即對一名學生說：「請送到演講廳給鄧可道博士。」

千歲發獃，天下竟有這樣好聽的名字：鄧可道，而他，與他身邊的人，卻叫千歲、金源、蟠桃……淨掛住長命百歲大把衣食金錢。

他忽然覺得淒涼。

接待員見他呆着，便說：「放心，鄧教授一定收到。」

「她是教授？」

「她不在本校任教，她是美國伊利諾州立大學生物科教授，特地來做演講。」

啊。

「她在第三號演講廳，你或有興趣旁聽。」

「可以嗎？」

「歡迎之至。」

三號演講廳約六成滿，鄧可道正打出幻燈片。

「蝴蝶。」她說。

幻燈片出來：「尖翅藍帶環紋蝶、小藍魔爾浮蝶、端紅蝶、小枯葉蝶、黃鳳蝶……」她逐一指出解釋。

學生們聽得津津有味，全神貫注，不住做筆記。

千歲黯然，他輕輕閃出演講廳。

差點沒打呵欠，他一點興趣也沒有，幾乎悶得落淚。

他崇拜有學識人士，肅然起敬，可是他是另外一種人，大伯說過，社會上每一類人都有功能，不可妄自菲薄，不過有時他也慚愧：一提書本，立刻渴睡。

他苦笑着把車子駛走。

黃斑青蛺蝶。

那是她終身研究的學問嗎。

回到家裏，他躺在竹榻上與寡母聊天。

「女生讀到博士有什麼用？」

「家裏有錢，沒別的事做，又不想嫁人吃苦，讀書也是好的。」

「嫁人吃苦嗎？」

「當然，一頭家的擔子統共落在主婦身上，小家庭收入有限，事事量入為出，以丈夫子女為重？主婦很快淪為尾位。」

「一生人不必為錢財擔心，是何等樣寬暢。」

「你得問問，那些富家子弟，你呢，你若有錢，想做什麼？」

「媽，我想什麼都不做，天天陪着你。」

他母親提醒他：「好是好，不過，人家蟠桃與金源手拉手出去看電影了。」

千歲笑笑，「他們真配對。」

母親深深歎口氣。

下午，千歲把大小姐送回家去，她又說謝又道再見，看樣子對每個人都彬彬有禮。

管家說：「千歲你可以下班了。」

那天晚上，千歲在嶺崗又見到那個哭泣女。

她穿一身黑色，雙手嚴密地擁抱一個藍布包裹，看到千歲，上他的車。

千歲一看就明白女子母親已經辭世。

在自己車上，他不介意多講幾句：「盡了力就可以。」

她已停止哭泣，聞言點頭。

這時，一個粗眉大眼的年輕人上車坐到她身邊，輕聲安慰，啊，原來她已有好伴侶。

客人坐滿，千歲開車。

他心羨慕：呵，好像每個人都有淘伴，只除出他，還有他母親。

一路無事，到了旺角，那年輕人先下車，隨即買來一大包橘子：「司機先生，多謝你關心。」

哭泣女也朝他點頭。

千歲道謝。

他們雙雙離去。

千歲剝開橘子吃，又香又甜又多汁，倒是不像人生，算是意外之喜。

他聞聞自己手臂，整個人像有一股汽油味，不禁歎口氣，同廚子身上油膩永遠洗不淨一樣。

正想關上車門，忽然在倒後鏡裏看到後座有個黑影。

他把車子倒入後巷，停住，走進車廂，「誰？」

一個人蜷縮在車位底下，像隻小動物。

「出來，不算你車費。」

那人仍然不敢動。

千歲明白了，「你沒有通行證，你幾時上車，我怎麼沒看到你，好本領。」

那人不出聲。

「你不出來，我只得把車子駛進派出所，我不是警察，此刻亦不打算做好市民，你出來吧。」

那人知道不能不出來，緩緩伸出四肢，原來是個少女，手腳非常柔軟，縮在後排車底那麼久，居然沒人發覺。
她輕輕坐好，雙臂抱住膝頭，像一個球。
面孔上全是煤灰，可是一雙眼睛精靈閃爍。
千歲打開車門，「走吧，我沒見過你，你沒見過我。」
偷渡客有點遲疑。
這時，千歲忽然想起，四十年前，大伯也是個非法入境者，船泊岸那日，大雨，他手裏拿着親人的地址，乘車找到附近，在一間漆廠簷篷下避雨，保安看見，吆喝着趕他走。
呵，在人簷下過，焉得不低頭。
他從袋裏取出數百元，放在其中一張車位上，「你自己小心，祝你幸運。」
那少女點點頭，取過現鈔，下車，很快在後巷消失，像個影子般混入大都會森林。
千歲歎口氣，把車子駛到修車行。
大伯還沒有收工，正在親手抹一輛銀色鷗翼門跑車。
「大伯。」
「咦，千歲你怎麼來了，來，吃碗雲吞麵當消夜。」

「大伯，告訴我，你怎樣開設車行。」

大伯笑嘻嘻，「先做學徒，一天做十多個鐘，忽然吐血，原來胃穿了洞，醫好了，又不停咳嗽，驗出是肺病，都由公立醫院醫到痊癒，後來結婚，岳父是修車行股東，我便走運，接了幾兄弟出來。」

「他們也是偷渡？」

「我忘了，無端提這些幹什麼。」

他開一瓶啤酒，自得其樂喝起來，彷彿真的把往事一概忘記。

但是他忽然說：「後來我們都取得正式身份證明文件。」

千歲點點頭。

「回去休息吧，明早還要工作。」

回到家，千歲努力洗刷身上汽油味，在蓮蓬頭下沖洗良久。

那雙眼睛黑白分明閃爍生光，應該不會叫它們的主人失望吧。

第二早千歲回到鄧宅侍候，管家說：「大小姐今早不出去。」

千歲點頭，在休息室讀報紙。

忽然聽到一個人說：「她不用車，我用。」

大家抬頭看去，管家連忙招呼：「二小姐。」

千歲看到一雙紅鞋兒，這次不是高跟鞋，是雙平跟涼鞋，足趾髹銀色，不知為什麼，卻又不覺惡俗，因為她仍然穿着白襯衫藍布褲。

千歲站起來垂手低着頭。

「你是新來的司機？」

管家連忙說：「二小姐，你想到哪裏去，我叫老張送你。」

「不，這年輕人閑着沒事，載我去會所射箭。」

管家無奈，向千歲使一個眼色。

千歲聽差辦事，立刻出去把車子駛出來。

紅鞋兒上了車。

她說：「我認得你，你是老王的侄兒。」

千歲不出聲，多講多錯，不講不錯。

「給了你名片，為什麼一直不找我？」

千歲裝聾作啞。

他這才看清楚她的容貌，同她姐姐一樣，她倆得天獨厚，五官秀麗，二小姐剪一個娃娃頭，厚厚劉海垂在眉毛上。

到了會所，她換上靴子，戴上護腕指套，取出足有她一半身高的現代鈦金屬強弓，走到空地。

千歲意外地看到她臉色正經，英姿颯颯。

師傅出來，指點她一二，她瞄準箭靶，手一鬆，箭飛出去打在紅心以外。

她連二接三，一直練習，終於射中紅心。

那副弓箭顯然不輕，她向站在一旁的千歲招手。

千歲反而輕輕退後。

她只得走近他，原來二十分鐘運動已叫她大汗淋漓。

漂亮女生出汗有特別美態，不過，千歲見過鬼怕黑，一朝被蛇咬，終身怕繩索，為免多事，他退得更遠。

二小姐沒好氣，對他說：「你到車裏去等我好了。」

這時，有人追上叫她：「可人可人，你在這裏。」

她叫鄧可人。

鄧氏真是命名高手。

千歲回車上靜候。

有人給他送來檸檬茶及火腿三文治。

他停車之處正好看到網球場，同他一般年紀的男女不知為什麼不上學也不上班，整個上午打球嬉戲。

車上電話響，是管家找他：「二小姐不再用車，你回來吧。」

回轉鄧宅，他也沒空下來，載女傭去菜市場。

叫可拉桑的女傭打聽：「你幾歲，做司機多久，結婚未，同誰住……」

千歲不發一言。

「喂，你是畏羞還是不理人？」

第二天千歲依約回醫院覆診。

他耳朵燒得通紅，不敢直視醫生。

醫生倒是公正文明，不徐不疾，不文不火地說：「已替你驗過血液，你大可恢復感情生活，不過，一定要採取適當預防，你可有知會女伴叫她檢查身體？」

千歲點點頭。

「診治已告一段落，你身體健康。」

千歲自喉嚨裏發出道謝聲音。

他鬆了一口氣，像是一塊烏雲自頭頂揭開，離開醫院時腳步輕鬆許多。

在家門口碰到蟠桃，她捧着水果糕點正要送給千歲母親。

千歲笑，「請進來，快是一家人，別客氣。」

打開蛋糕盒子，見是蛋撻，連忙一手一個抓起，送進咀裏，發出唔唔滿意的聲音。

蟠桃不出聲，默默看着千歲。

「可是要結婚了？」

她問：「嬸嬸在家嗎？」

「她這時多數午睡，起得早，下午眠一眠。」

「她真是好母親。」

「蟠桃，將來你也是。」

她笑笑不語。

「金源是好人，你會有幸福。」

「他不良嗜好甚多，煙酒賭全來，看見漂亮女人，盯着不放。」

「這是男人本性呀。」

「又無積儲，也沒有計劃。」

千歲摸着頭頂，「你說的，正是我，我也完全一樣，走到哪裏是哪裏，有時自己都害怕，只得喝多瓶啤酒。」

「不，千歲，你是個有主見的人。」

「蟠桃，你把我看得太好。」

蟠桃黯然，「金源想與我結婚。」

千歲不敢說什麼，維持緘默。

幸虧這時他們聽到一聲咳嗽，原來是千歲媽起來了，蟠桃向她請教該向金源家索取什麼聘禮，絮絮談起來。

千歲走到露台去。

對戶那個女生說：「出來了。」

「他可以看到我們？」

「我想不，他總像是有心事。」

「今天他穿着上衣，看不到上身。」遺憾之極。

其中一個女生索性取過望遠鏡細細觀察。

「偷窺狂。」

「彼此彼此。」

「也許他只得一具肉身，沒有靈魂。」

「有那樣好看的肉身，誰還管其他。」

「可能他沒有學識，也無工作能力。」

「我自己什麼都有，行了吧，做人應追求快樂，顧慮不要太多。」

她們兩個笑了。

在露台上，千歲只聽得母親在屋內輕輕說：「酒席，首飾，衣裳……那一定有，你放心，他們願意把車房樓上收拾出來，連生意一併交給你們，他們回鄉下退休。」

蟠桃茫然問：「車房樓上？」

「晚上收了工，相當靜，附近有小學，很方便。」

蟠桃忽然問：「那樣就是我的一生？」她也終於想到這個問題。

千歲媽不禁笑起來，「你還想怎樣呢，升讀大學，抑或周遊列國？」

蟠桃又答不上來。

「金源說同你去夏威夷度蜜月，多有想頭。」

蟠桃精神一振。

「我叫金源父母與你家提親可好？」

蟠桃點點頭，「我已經二十四歲。」

「就這麼說好了，別再三心兩意。」

蟠桃握緊千歲媽雙手。

這時，輪到千歲咳嗽一聲，返回室內。

對戶兩個漂亮的嚮伯又遺憾地說：「唉，進去了。」

手上時間太多，人會變得無聊，所以數千年來到了年紀人人成家立室，一個小小孩就忙得整家人仰馬翻。

金源來了，一般捧着水果糕點，他與蟠桃都十分敬老。

他佯作驚喜，「桃子你也在。」

兩人低聲交談，甚有默契，千歲微笑，他倆已有足夠條件兒孫滿堂，五世其昌。

片刻金源過來搭住千歲肩膀，「我們出去走走。」

黃昏，鬧市人頭湧湧，嘈吵熱鬧。

金源笑說：「不知怎地，我擠在人群中，說不出暢快，我在這城市長大，熟悉這裏一切，如魚得水，我完全不想移民。」

千歲點點頭。

他們站在水果攤前喝新鮮椰子汁。

夜之女已四出招客，在樓梯角巡來巡去。

金源又笑說：「你看她們多有職業道德，不管天晴天雨，抑或天寒地凍，照樣穿得這樣少，站整個晚上，毫無怨言。」

這條街上，什麼都有。

一個小販擺攤子賣冒牌手袋，咀裏嚷：「真的一樣，真的一樣。」

千歲不禁笑出來，所有冒牌貨都自稱與真貨一樣好，很快青出於藍，比真的還好，面皮老老，肚皮飽飽。

金源自豪地說：「我買了一隻真的給桃子，有證書，做工料子硬是不一樣，我的女人用真貨。」

一隻手袋還有證書，千歲笑得咧開咀。

金源忽然指着說：「什麼，這裏也有車子去落霧洲管制站？不得了，簡直毋須再建跨境鐵路，嘩，全無監管，任意設站，又不按行規經營，叫正式投資取得政府執照的專線如何營生？」

千歲連忙在他耳邊說：「你兄弟我正是非法經營者。」

金源這才噤聲。

回到家裏，發覺金源父母與蟠桃的家長都在喝茶吃點心，大家呵呵笑十分熱鬧。

千歲說：「各位慢慢談，我要工作。」

臨走他還聽見大伯問：「幾時輪到千歲？」

千歲已經出門。

天氣忽然起極大變化，一下子刮起雷雨風，豆大雨點撒下，客人見有空位便湧上，一下子坐滿。

千歲開車。

後座有四五個男客，兩個年輕人低頭瞌睡，其餘幾個中年人粗俗地敘述他們的大陸艷遇，眼尾瞄着女客，呵呵大笑，十分欣賞她們尷尬神色。

車子駛往鄉郊，他們也漸漸靜下來。

忽然那兩個年輕人其中一個站起往車頭走去。

千歲在倒後鏡看到，輕聲喝道：「危險，坐下。」

那人一抬手，千歲看到一把手鎗。

那人命令司機：「把車駛到角落停下。」

這時車尾另一人也亮出武器，「別動，不准出聲。」

乘客大聲吸氣，不敢聲張，有人發抖，有人嗚咽。

車子停下。

「司機，你拿着這隻布袋，叫他們逐一脫下首飾手表，取出錢包，丟進去，快！快！」

千歲無奈，他第一個帶頭把財物放進布袋。

今夜走的是什麼運。

那幾個中年大漢不甘心，稍一猶疑，已經聽到一下鎗聲，碰一聲爆炸，車頂穿了一個圓洞，是真鎗。

有婦女哭出聲來。

車廂狹窄，鎗聲就在千歲耳朵附近響起，嗡一聲震盪耳膜，他覺得劇痛，暫時失聰。

千歲沉住氣，維持冷靜，一下子收集了乘客財物，把一隻重甸甸包袱交給鎗手。

那兩人得手後本想下車，附近一定有接應車輛，可是其中一人忽然看到前座有年輕女客頗具姿色。

他伸出手去摸她大腿。

女客驚得混身發抖，不能言語。

這時，千歲輕輕攔在手鎗與女客當中。

鎗手瞪着千歲，揚起手鎗。

千歲輕輕說：「你們求財而已，既然得手，何必節外生枝，快快下車，前邊有的是尋快活地方。」

那鎗手一怔，忽然覺得有理，為着安全起見，呼嘯一聲，與同伴下車去了。

剎那間他們消失得無影無蹤。

那女客癱瘓，放聲大哭。

男客們勇氣又恢復過來，喃喃咒罵，又遷怒司機不帶眼識人，一路罵到派出所。

各人七咀八舌向警察報告劫案過程。

警察對乘客們說：「你們遇到一個好司機。」

乘客想一想，都靜下來。

那年輕女客顫抖地向千歲說：「司機，謝謝你。」

千歲不說話。

他沒有好好保護乘客，是他失職，是那場雷雨降低了他的警惕心，他十分懊惱。

有兩個女子是他熟客，拍着他肩膀說：「司機，你已做得最好。」

以後還有人敢坐他的車子嗎。

警察對他說：「王千歲，你要到醫院驗傷。」

「我無恙。」

警察說：「你耳膜可能受傷，需要檢查，耳聾可不能駕駛。」

千歲只得往醫院去。

真沒想到當值醫生正是上回那個漂亮女生。

她仍然鐵板着面孔，「又是你？」

千歲垂頭。

隨行醫生同她輕聲說幾句，她看着手上報告，點頭不語，過一會，輕輕重複：「又是你。」

她帶千歲到測試室，親自替他檢查。

千歲的耳朵聽不到某段高音階。

他有點害怕，呵從此殘廢了。

醫生在他右耳邊說：「王千歲你左耳受到一百二十分貝音響近距離衝擊，不幸暫時失聰，大幸是會得復元。」

千歲吁出一口氣。

醫生忽然說：「我代表你的女乘客多謝你，你很勇敢，你做得好。」

千歲唯唯喏喏，因有前科，仍然不敢抬頭。

「劫匪可有幪面。」

千歲搖頭，「茫茫人海，何處去找，劫匪肆無忌憚。」

「上次失去貨櫃車，找到疑犯沒有？」

千歲意外，醫生還記得那件前事，他又搖頭。

這時，警方集中所有證人描述，已製成疑犯電腦繪圖。

圖中兩個年輕人相貌平凡，毫無特徵。

警察說：「面對面也很難認得出。」

千歲說：「兩人持鎗手勢十分熟練。」

警察說：「十四座位過兩日可發還給你。」

「那是我營生工具，越早還我越好。」

警察對他有好感，「明白。」

「我可以回去了嗎？」

「警方對你充份合作表示感激。」

天色已微亮。

他在警局外截車，司機見他一臉鬍髭渣，又孔武有力，不願載他。

千歲只得叫金源出來。

這時有白色小跑車在他身邊停下，那漂亮的女醫生探身問：

「可要載你一程？」她也剛巧下班。

千歲搖搖頭，「有朋友來接。」

果然，金源氣急敗壞趕到。

女醫生微笑着把車駛去。

金源一迭聲問：「怎麼又在醫院，發生什麼事，十四座位車呢，警車呼呼嚇壞人，你無恙？」

千歲把遇劫一事簡潔地講了一遍，特別叮囑：「別告訴我媽。」

「呵王千歲，你走什麼狗運，我陪你去找人祈福。」

千歲長長吁出一口氣，「我只想回家好好睡一覺。」

千歲倒在自己床上倦極入睡，忽然聽見鎗聲響起，低頭一看，胸前烏溜溜一個子彈洞，紫黑色血液汩汩流出來。

他受驚哭叫：「媽媽，媽媽。」

母親的手按在他額角，「千歲，媽媽在這裏，你要遲到了，還不快往鄧家。」

千歲跳起來梳洗。

到了鄧家，管家滿面笑臉迎出來，豎起大拇指，「英雄，沒想到你今朝來得及上班。」

原來當天港聞詳細報道了該宗新聞。

鄧家幾個家務助理圍上來嘰嘰喳喳問長問短。

管家說：「你先送大小姐。」

原來鄧可道也遲了，她一手拿着咖啡杯一手拿公事包，忽忽上車。

這時花園裏玫瑰花盛放，被早晨的陽光蒸起香霧，整個行車道香氣撲鼻，可是大小姐似懵然不覺，秀麗的她埋頭在厚厚筆記裏。

千歲把車駛往大學。

她忽忽進去。

杯座上是她的保暖杯，留下一圈淡淡果子色唇印，引人遐思。

千歲苦笑，他還敢想什麼。

靠在駕駛位上，他睡着了。

校園幽靜，他睡得很好，也不再做噩夢。

不知過多久，有人輕輕敲車窗玻璃，一看，原來是大小姐，他連忙下車替她開門。

千歲送她回家，她每日只來回學校與書房，很少去別的地方，十分寂寥。

回程中她看街上風景，車子停在行人道前，她凝視一個年輕母親抱一個揹一個手拖兩個共四名子女忽忽走過，鄧可道咀角露出微笑，差不多年紀呢，完全不同命運，人家已是四子之母。

到了家，她照例向司機道謝，客氣一如他免費好心義務載她一程似。

千歲看到二小姐可人急不及待出來，雙手叉在腰上同姐姐說話。

兩姐妹沒說幾句已經不歡而散，可道惱怒地一聲不響入屋，可人在她背後還斥責幾句。

這一切，千歲都看在眼內，他低頭佯裝什麼也沒看見。
鄧可人朝他走來，咀裏喃喃說：「老姑婆食古不化。」
她把手搭在車上，問司機：「可知我們吵些什麼？」
千歲不出聲。
全世界爭吵，不是為財，就是為氣，還會為什麼。
果然，鄧可人抱怨：「向她借一點點錢都不肯。」
幸虧管家出來叫她：「二小姐，金平銀行有電話找你。」
二小姐立刻進去聽電話。
管家說：「千歲你回去休息吧，難為你了。」
千歲鬆口氣。
接着還有好消息：警方鑑證科叫他去取回那輛車子。
千歲把車子駛回修車行，大力沖洗。
金源忙來檢查，看到那小小鎗洞，立刻焊錫修補。
一邊喃喃說：「這是我第一次也是最後一次看到鎗洞。」

車子很快煥然一新。
大伯出來巡視，稱讚幾句。
大家都懂得低調處理此事。
金源問他兄弟：「今晚由我替你吧。」
千歲笑，「不怕，我照樣上路。」
「有時我真佩服你那倔脾氣。」
那天晚上，千歲照樣載滿乘客出發。
出了公路便遇見警車設路障，逐車搜查。
乘客一邊煩躁一邊問：「什麼事什麼事？」
千歲問了幾句，回頭同他們說：「前邊有貨車遇劫。」
「可有人受傷？」
「一死一傷。」
乘客沉默，只餘歎息聲。
平時五分鐘的一段車程走了近一個鐘頭。

經過意外現場，只見貨車車頭附近一大灘厚稠鮮血。

乘客們驚心地叫出來。

這條路日益凶險已是不爭事實。

那晚，千歲金睛火眼般小心來回。

第二天早上，好夢正濃，母親來推醒他。

千歲睜開眼睛，聽見媽媽說：「警察公共關係組找你。」

千歲一秒鐘內完全清醒，他吃驚問：「找我幹什麼？」

「你保護的那個女孩子想當着記者謝你，警局認為這是宣傳及獎勵好市民的絕佳機會，請你接受獻花及訪問。」

千歲發獃，「媽，你知道這件事，金源告訴你？」

千歲媽沒好氣，「我還識字，我會讀報。」

千歲吁出一口氣，想一想，「我不接受訪問。」

「你自己同他們說呀。」

千歲取過電話，對方再次說明來意。

千歲輕輕說：「換了別人也是一般反應，我是司機，應當照顧我的乘客，我不想接受訪問。」

對方一怔，「啊。」

「再見。」千歲放下電話。

千歲媽怪惋惜，「為什麼拒絕人家？」

千歲微笑，「記者是一個有權問及任何私隱的陌生人，他們因工作已不大顧及禮貌，一開口就是：你幾歲？幹這行業多久？累嗎厭嗎？你戀愛多少次？可能什麼都問，就是不問那宗意外。」

看得秘聞雜誌多了，千歲對所謂訪問也有點認識。

千歲媽說：「隨得你。」

門鈴響起來，千歲去開門，意外驚喜，「三叔，你回來了。」

三叔坐下便說：「千歲，下星期還得借你力。」

「三叔請說。」

「鄧家親戚辦喜事，當晚，你負責接送兩位小姐。」

千歲媽詫異，「咦，你回來了不由你接送？」

「我載鄧氏夫婦，他們不喜一家四口擠一架車，這叫做排場。」

千歲媽欷歔，「有錢使得鬼推磨。」

三叔放下酬勞，「我先走一步。」

「三叔，不用。」

「這是你應得的，兩位小姐沒有什麼吧。」

千歲搖搖頭。

三叔拍拍他肩膀離去。

母親問：「兩位小姐可有架子氣燄？」

千歲想一想，「很好很客氣，像普通人一般。」

「她倆可長得美？」

「過得去，我沒盯牢人家細看。」

「衣着是否美麗，可有奇裝異服？」

「我不懂那些，再名貴我也看不出來，媽，再問下去你也可以做記者了。」

那天晚上，月黑風高，乘客特別靜，千歲專心開車。

金源已替車頭換上氙燈，照得又遠又亮。

忽然之間，千歲看到路前一堆動物眼珠閃光，他連忙緩緩停下車子，一邊警告乘客：「關上窗，坐好。」

他看到奇異的一幕。

一隻耕牛自田裏走失遊蕩，跑到公路上來，被一群十來隻野狗圍住，牠幾次俯衝突圍，卻脱不了身，野狗不露缺口。

乘客們都看得呆了，議論紛紛。

路上車子都停下來看這場生死之鬥。

千歲心裏説：別跌倒，別跌倒。

説時遲那時快，一隻野狗奮身撲上公牛咬着背脊不放，傷口冒出鮮血，牛受重創，乏力跪下。

這一倒地便判出輸贏，一群野犬湧上分一杯羹，那隻牛是完了。

千歲與乘客們怵目心驚，呵，人何嘗不是如此，不能倒下，一定要站穩。

千歲同自己說：死也要站着死。

這時公安車趕到，一定有途人通知他們來清路。

趕走野狗，公牛已經肢離破碎，不忍卒睹。

這時，更加意外的事發生了，一群烏鴉蜂擁飛來，啄食牛隻撕裂屍身。

千歲從未見過這許多烏鴉在太陽落山之後還有活動，看來牠們也因食物改變生活習慣。

一個乘客說：「卑鄙。」

「兄弟，這叫做弱肉強食。」

「唉，這條路上，什麼怪事都有。」

「這些烏鴉比那群野犬更加可怕。」

千歲不出聲，把車子駛離現場。

他一顆心突突跳得比平時厲害，他覺得前程更加徬徨，心情更為淒酸。

他緊緊握住駕駛輪盤，雙手冒汗。

稍一不慎，那隻牛就是他。

回到家，他蒙頭大睡。

母親告訴他，那個在車中險遭狼吻的女孩來過，親手送上糕點及一盆萬年青植物。

「你叫王千歲，它叫萬年青。」

千歲不出聲。

「那女孩長得很好，十分清麗，那日她乘夜車趕回鄉間探親，本來我覺得你不該肉身擋鎗，見了那女孩認為你做得對。」

千歲仍然不出聲。

「千歲，不如不做夜更司機了。」

千歲抬起頭，「有些人坐在家中天花板塌下來就把他們壓死。」

「啐。」

王千歲也有高興的時候，像那天他去接鄧家兩位小姐去參加婚禮。

她們倆下午四時許出門，打扮得粉雕玉琢，像圖畫裏的仙子，小小緞子窄上身，下邊是霧般大篷紗裙，戴長手套。

二小姐頭上戴着小小鑽冠，眼角也貼着鑽石，像似滴未滴眼淚，煞是好看。

大小姐仍然含蓄，只添了淡妝，一張臉晶瑩動人。

管家稱讚：「今晚最美的兩位女賓。」

好話誰不愛聽，可道與可人都笑起來。

千歲眼福不淺。

一路上姐妹並沒有說話，到達那層豪宅之前，妹妹才問姐：「他們快樂嗎？」姐姐不答。

過一會兒可人又說：「這樣熱鬧，不快樂是小事。」

只見大宅車道上停滿名牌歐洲房車，有專人指揮司機往何處駛去。

管理員給千歲一個牌子，「你是九十八號，客人下車後請駛離這裏，她們如要用車，自然會聯絡車上電話。」

千歲開門讓小姐們下車。

只見每輛車裏都坐着華麗打扮女子，婀娜下車，成群結隊走進大宅玄關。

這幢房子比鄧宅還要豪華，入門處掛着一盞五六呎高水晶燈，天未黑已經亮起，閃爍生姿。

千歲看得發愣。

忽然有人拍他肩膀，笑說：「豪門夜宴。」原來是三叔。

千歲低頭笑，「大開眼界。」

「宴會大約深夜才散，今晚金源替你走嶺崗。」

千歲擔心，「他不習慣。」

「他技術比你有過之無不及，那小子聰明肚皮笨面孔，只有比你佔便宜。」

「他？」千歲笑，「講話無敵，辦事無力。」

千歲把車駛到附近指定空地，司機三三兩兩結集吹牛，他靠在座位看雜誌。

大字標題：真英雄拒絕出鋒頭——「任何人都會那樣做。」他謙虛地說。

半晌千歲才明白這是說他，嚇一大跳，丟下雜誌。

原來被人說長道短是那樣可怕的事，千歲不由得同情那些叫雜誌揭秘的名人。

他知道小路終點有個瞭望台，可以看到全市景色，這時華燈初上，霓虹燦爛，一定極之美麗。

他緩緩走近，只見一對穿晚禮服的年輕男女在欄杆前擁吻。

女子穿玫瑰紅緞袍，她男伴十分大膽，把手插進裙子背部，緊而狠地扭住她手臂，像是要吞噬她。

原來是情色猥瑣的一幕，可是在淡黃新月，灰紫色暮色下，又有大片燈色點綴，變得熱情浪漫。

他們自煩囂的宴會跑到這裏幽會。

女子忽然醒覺有人在附近，鬆開男伴，那穿禮服西裝的男子抬起頭，剛好與十碼以外的王千歲打了一個照面。

他有一張冷酷英俊的面孔。

千歲連忙走回車裏，他打了一個盹。

兩個小時之後，車裏電話響了，是大小姐聲音：「請到大門噴泉處接我。」

千歲看看時間，她提早離場。

他連忙把車駛近，只見鄧可道已經站在噴泉附近等車。

一道水簾自大理石雕塑鯉魚嘴裏噴出來，繽紛水珠掩映着月色美女，可算為良辰美景四字作演繹。

但大小姐身邊有個男伴，他正握着她手輕吻，呵，她不是沒有私人生活的呢。

千歲輕輕吁出一口氣。

慢着，這男子有一張英俊冷酷面孔，千歲認得他，他一心二用，他不是好人。
他不得不下車為他們開門，他倆手拉手上車。
就在這時，那男子也認出半垂頭的千歲，他不出聲。
回程中可道不大說話，彷彿喝多了香檳或是混合酒，頭輕輕靠在男伴肩膀上。
到了鄧宅，他倆下車。
千歲心裏為鄧可道不值，竟有刺痛感覺，正想把車交回管家，那男子出來找他。
「司機。」他叫他。
千歲轉過頭去。
他十分直接，「你剛才看到什麼？」
千歲輕輕答：「我什麼也沒有看見。」
「你是司機，眼力那樣差？」他試探。
「先生，我只看得見路。」
「很好。」他自口袋裏取出兩張大鈔遞給司機，「拿去買香煙吧。」
千歲十分有禮，「東家不許我們收小費，請原諒。」

那男子呵呵笑，「好，好。」

他又回轉鄧宅。

管家出來接過車子，千歲回家去。

呵不忠不實，鄧可道所遇非人。

母親在家裏織絨線，看到他抬起頭來，「千歲，今日你去了何處，我兒你見聞如何？」

千歲答：「讓我細細告訴你。」

才講了開頭，他已經睡着。

夢中聽見有女子哭泣，看不清臉容。她穿着玫瑰紅緞裙，掩着面孔，狀至悲切。

醒來，千歲用冷水洗一把臉，同自己說：王千歲，不關你事。

他到附近檔攤，買燒餅油條與母親分享。

許多白領比他先到，有男有女，狼吞虎嚥，呵民以食為先。

回到家門，他看到有人從大門出來。

千歲下意識躲到一角。

那人是鄧家二小姐可人，她還穿着昨夜紗衣，臉上化妝褪色，那件晚服也稀皺，與昨夜的光鮮形成對比，原來人同衫都經不起時間折騰。

她來做什麼？

只見可人見不到他，一臉失望，下樓去了。

千歲輕輕開門進屋。

母親看到他，微微笑。

他攤開早點，與母親共享。

母親忽然告訴他一個傳說：「為什麼有些男子特別討女孩歡喜？原來是這樣的：謠傳靈魂投胎乘船，分男船女船，女船上全是女嬰，但是那搖櫓的卻是男靈，那整幫女孩，來生都會為一個男子傾心，因為她們由他負責送到人世。」

千歲聽得笑出來。

「你大抵便是那個搖櫓子。」

千歲仍然咧咀笑，「想像力太豐富了。」

「你不問那紗衣女孩來找你幹什麼？」

那件紗衣白天看來像一隻垂死粉蛾。

「我不知道，她時間太多，無聊，她有誤會。」

「她特地來說一句：叫你打電話給她。」

「知道了。」

「有什麼緣故？」

「她是三叔東家的女兒，吃飽飯沒事做。」

「原來如此。」

一連整月，千歲開車往返嶺崗，盡忠職守。

大伯說他：「像轉了性子，以前那一絲浮躁也不見了，對一個年輕人來說，是好是壞？」

千歲像是認了命，他可以看到兩條路，一條浪蕩孤獨終老，一條愚忠成家立室，兩條路都得靠坐在駕駛座位生活，兩條都不是他想走的路。

他悶得呆了。

休假，他把車子駛上舊路。

紅燈區光華如舊，衣着裸露的女子捧着店牌走近司機：「先生，小敘休息，按摩、洗足、理髮，先生，收費廉宜。」

一個女子走近，她穿着長大雨衣，忽然伸手掀開衣襟，千歲知道內裏是裸體，連忙別轉頭去，他實在毫無心情。

那雨衣女格格狂笑。

千歲說：「我找一個人。」

他塞一張鈔票過去。

「呵，看不出你那樣長情，找誰？不如就我吧。」

「我找華美按摩的小紅。」

誰知那雨衣女一聽這幾個字立刻變色，竟把鈔票丟還車廂，一聲不響離去。

「喂，喂。」

半晌，有人在車側問：「誰找小紅？」

「一個人客。」

那女子閃身出來，「小紅在村前一間紅磚屋裏暫住，小路盡頭，你一定找得到。」她立刻走開。

千歲停好車子。

他步行十多分鐘，小路又長又迂迴，全是碎石子，不好走，他想回頭，忽然看到紅磚牆。

房子一半已經塌陷，幾隻母雞咯咯來回覓食，黃狗見人搖尾迎出來。

一個女子坐在門口，背着人，在盆裏洗衣服。

「誰？」

「小紅，我是那勸你去醫生處檢查的司機。」

「是你。」她聲音很平靜。

千歲找塊平整的石頭坐下，「可以談幾句嗎？」

小紅輕輕訕笑，「你想說什麼？」

「閑聊。」

她輕輕搓乾淨衣服絞乾，站起來晾繩上，身體一直背着千歲。

千歲輕輕說：「這裏真靜。」

與公路旁喧嘩大不相同，隔一條小徑便是鄉村，抬頭可以看到油菜田開着黃花。

一隻白色粉蝶飛來，輕盈的停在含羞草葉子上，千歲伸手指去抓。

小紅說：「別去傷害牠，朝生暮死，反正牠也活不過今晚。」

千歲縮回手。

「為什麼來找我？」

「你看過醫生沒有？」

小紅答：「去過醫院。」

「痊癒了吧，你別再幹那種行業，不如做工廠。」

小紅說：「你是個好人。」

她緩緩轉過身來，千歲在陽光下看到她的面孔，嚇了一大跳，遍體生寒。

只見那小紅額角上已冒出幾枚銅板大小紫血泡，她臉容瘦削蒼白，像骷髏一般，不能同從前那紅粉緋緋的女子相比。

她很平靜地說：「我的病醫不好，醫生說已到末期，你很幸運，你未受傳染。」

千歲一時不知如何回答。

「你是好心人，你會有好報。」

千歲沉默。

「我記得你說過寂寞，又說不知這條路會通向何處。」她的記性很好，「你放心，路的盡頭會是你溫暖的家。」

講了那麼多話，她似力竭，坐下氣喘。

半晌，千歲自褲袋掏出他所有鈔票，輕輕放在那塊大石上。

他沒有再說話，緩緩轉身離去。

一群烏鴉從田裏飛起，成群啞啞地叫，撲向公路覓食，千歲跟牠們的方向走。

成群艷女看到他，再次迎上來，「先生跟我走——」

他推開她們。

「喲，這是幹什麼，生什麼氣。」

千歲上車，調頭往回駛。

女子追上拍打他的車窗。

有人抱着一隻燈箱：「華美按摩，溫柔鄉暖。」

千歲覺得暈眩，急轉彎把車子駛走。

接着他悶了好幾天。

白天足不出戶，一聲不響看電視新聞。

晚上開車。
一日，接載的乘客中有兩個女學生，跟着大人探親，坐在司機位後座閑聊。
開頭講些化妝時裝歌星明星瑣事，後來說到功課。
其中一個說：「歷史科最坑人，溫習至耗時，一句『歷代教皇與歐陸君主爭議，何故』，便答死人。」
另一個笑，「還有『試演繹十字軍東征與今日西方強國聯同攻打回教國家的前因後果』，一千年的恩怨，如何回答？」
兩人笑作一團。
千歲無限感慨，說不出的羨慕。呵，只為十字軍東征煩惱，幸運的女孩。
「獅心王李察往拜占庭大戰回教撒拉丁大帝一場真正精彩。」
「幸虧歷史老師長得英俊，哈哈哈。」
翌日，千歲到書店去找書，「可有十字軍東征書籍？」
「先生，要中文還是英語？」
「請介紹中譯本。」

那本十字軍東征足有兩吋厚，千歲翻一翻，知難而退，不料好心的女售貨員笑說：「是給小學生看嗎，我介紹圖畫給你。」

千歲輕輕說：「不用了，謝謝你。」

可是店員已經把書取出，千歲選了套西洋歷史。

金源一定會大嚷：「書，輸，快扔出去。」

在修車行看到一輛哈利戴維生機車，龐然巨物，車身噴有火焰圖案，正是地獄天使黨員至愛。

「誰的機車？」千歲嚇一跳。

「鄧家二小姐，她問起你。」

千歲問：「她駕得動這輛車？」

「哈利性能良好，不難駕駛。」

千歲坐到一角，取起礦泉水喝一大口。

「她對你很有意思。」

「我不打算做她玩具。」

「大家開心嘛。」

千歲搖搖頭。

「小道德先生，那你做人還有什麼滋味。」

角落有一架小小舊偉士牌小綿羊機車，千歲坐上去，「機器還可以嗎？」

「你也不會喜歡這樣平和的小機車。」

「在繁忙市區穿插最好。」

「不夠神氣呢。」

「金源，像我們這等沒有學識的窮小子，神氣什麼？聲音大，扮威風，徒惹人恥笑。」

金源笑，「這是孔夫子說的？要不，是孫子兵法。」

千歲垂頭，「我講老實話。」

「我介紹女朋友給你，像大小姐那般斯文可好？」

千歲攤開報紙，只見有點小消息：「深圳有傳媒報道，傳有關部門協定，把嶺崗至本市直線車減剩五條，每條路線每日開一百班次，由交通協會負責招標經營」。

他一時也不知道是好事還是壞事。

下午，陪母親喝茶，她碰見一群老朋友，話題不斷，他耐心在一旁相伴。

一位伯母感喟，「你還有幾年好日子過，兒子婚後只會陪丈母娘。」

「有些男人看到老婆如老鼠見貓，我家兒子看見妻子如見閻王。」

「前些日子不是有段新聞嗎：孝順女婿擋車勇救岳母，嘿，那活脫是我家好兄弟。」

連千歲都忍不住笑起來。

說得千歲媽擔心起來，回到家問：「兒子，你會是那樣的人嗎？」

「媽，你說呢。」

「我看不會，不過，我也不會同你倆住，你們出去自組小家庭好了。」

晚上，千歲親自站在車門前揀客，凡是粗壯大漢，手臂紋身少年，煙味酒味人客一概不載：「前邊有車立刻就開」，他把他們往前推。

女乘客認得他，紛紛上車。

千歲關上車門，「開車。」

他喜歡開一線窗戶呼吸新鮮空氣，可是臉上往往因此蒙上白濛濛一層細沙，像女子敷了粉似，這就叫風塵僕僕了。

駛到一半，忽然聽見車子後座有呻吟聲。
他吆喝：「什麼事？」
車廂內擾攘一番，向他報告：「司機，有人要生養。」
他一時沒聽懂，「生養什麼？」
「司機，有位太太即將要生孩子！」
千歲一聽，立刻把車調頭。
「司機，停車，來不及了，她要生了，下車，快來幫忙。」
有人說：「誰有電話快叫我們的救護車。」
剎那間千歲提起勇氣，往車尾取過一壺礦泉水及一張大毛巾。
他走進車廂，乘客紛紛合作下車走避。
有一個中年人說：「司機，我帶着一匹布，你替產婦圍一圍，給她一點尊嚴。」
另一個婦女說：「我有接生經驗，讓開一點。」
只見產婦痛苦得滿頭大汗，已不能言語。
千歲用濕毛巾裹住她的頭，「不怕，不怕，救護車已在途中。」

那女子緊緊握住他的手，狹小車廂後座忽然變成一個為生死存亡掙扎的世界，千歲一陣暈眩。

就在這時，他聽見一聲微弱哭聲，接着又是一聲，像一隻小貓被壓住尾巴或是尋找食物的嗚咽。

那助產的婦女說：「司機，你可有刀剪。」

千歲連忙自口袋裏摸出一把瑞士軍人小刀，這時，他已聽到救護車嗚嗚趕來。

「司機，把你襯衫脫下。」

千歲連忙把衣服剝下遞過去。

這時，他看到血淋淋一團肉，彷彿有五官，正張大咀哭，哭聲開始響亮，天呵，嬰兒出生了。

千歲忽然看到這一幕，刺激過度，剎那間領悟到人類數千年文明敵不過單純的生老病死。

他虛脫，眼前金星亂冒，膝頭一軟，竟昏倒在車廂裏，癱瘓在產婦邊。

「司機，司機。」

救護車停下，急救人員跳下車來看視，「產婦在哪裏？這是個男人呀。」

千歲已失去知覺。
醒來的時候在醫院急症室裏。
醫生看着他，「又是你，王千歲。」
正是那漂亮的女醫生，他們已是第三次見面。
「母嬰——」
「母子平安，男嬰是大塊頭，重九磅多，那丈夫已趕到，他們說很感激你。」
「我的車子呢？」
「你兄弟把他駛走帶回車房沖洗，他說已把車資退還乘客，他們均不介意。」
千歲汗顏，他竟膽小昏死過去。
「王千歲，又一次證明你是好市民，已替你檢查過身體，一切無恙，你可以出院。」
醫生像還有話要講，猶疑一下。
她說：「王千歲，你試讀報告上文字。」
千歲一看那些小字，只覺字樣都在跳動，他苦笑，「我頭暈。」
正在這時，金源與蟠桃來了。

醫生離去。

金源說：「替你帶衣裳來。」

千歲十分感激，連忙穿上。

看護走近說：「王千歲，你可以出院了，劉醫生請你下星期三回來檢查眼睛。」

「我雙眼有事？」千歲意外。

「檢查過自然會明白。」

金源陪他出院。

他感喟地說：「車廂裏像是殺過豬般，一地血，真不能想像一個女子事後還能存活，我忽然覺得要多點尊重女性。」

蟠桃這時回頭一笑。

金源又說：「千歲，你的車子好不多事。」

蟠桃答：「我卻這樣想：這是一輛愛做好事的車子，這次，幫了一對母子。」

千歲點頭，「蟠桃講得好。」

第二天早上，他們讀到新聞：「車中產子，母子平安」。

過兩日，孩子父親到車行道謝，他帶着簇新瑞士刀及一件名牌襯衫做禮物。

他高興展示嬰兒照片，只見幼兒雙眼骨碌碌，不知多可愛，與在車中駭人模樣大不相同。

孩子的父親說：「我已去過助產士家中拜訪，我兒出路遇貴人。」

大家聽見他那樣說，不禁笑起來。

「卻沒找到捐出布匹的那位先生，好不遺憾。」

幸虧這世上好人同壞人一樣多。

母親取笑他，「連接生經驗都有了。」

他感慨萬千，「駕車走這條路，一年好比人家十年。」

的確比住象牙塔裏的人見識多了。

星期三早上，他往醫院覆診。

他也是最近才知道漂亮女醫生姓劉。

「請坐。」

她取出報紙讓千歲讀。

千歲坦白：「自小到大我不喜讀書，看不進去，故此識字也不多。」

醫生收斂笑容，給他一副厚玻璃折光眼鏡，「戴上看看。」

千歲把那副眼鏡戴上，「咦」，他說，立刻覺得感覺不同，他輕輕讀出：「羊癇沒服藥，司機病發撞車：一名患上羊癇症的貨車司機，為保飯碗，向公司隱瞞病情，錯過覆診，昨午在駕駛途中突然病發，貨車剷上行人路，幸無殃及途人……」

字樣忽然不再跳動。

電光石火間，千歲忽然醒悟，這是眼鏡發生效用。

接着，他又明白到，原來多年來是他誤會自己有學習障礙，事實上他並不比任何人笨，只不過雙眼有毛病。

劉醫生輕輕說：「王千歲，你這個症候，叫閱讀障礙，你一直不知道，沒斷症。」

千歲已經淚盈於睫，他抬起頭來。

「眼部神經傳遞訊息往腦部傳譯有障礙。以致你喪失部份閱讀能力，很多時家長誤會兒童懶惰，不愛讀書，不以為意。」

千歲呆呆地看着醫生，千言萬語，無限委屈，今日忽然得到釋放，他強忍眼淚。

「我推介你看專科，配戴棱鏡，對閱讀會有一定幫助，可望繼續正常學習。」

就是這樣簡單？

千歲忍不住，眼淚落下來。

「許多名人也有這種障礙，」醫生提了幾個外國演員名字，「沒有大不了。」

對醫生來説，只要病人的頭顱還黏在脖子上，即沒有大不了，但對千歲來説，這種障礙誤了他前半生，他只知道書本難讀，字會跳舞，連不到在一起，沒有意義，沒想到是一種病，只以為自己是粗胚。

他問：「醫生你怎樣發現我閲讀困難？」

她微笑，「醫生都有點直覺。」

一定是他讀錯什麼，被細心醫生覺察到，入院三次，什麼隱疾都被揪了出來。

他頹然，「現在回學校已經晚了。」

醫生抬起頭，「學校才不論學生年齡，有人十三歲醫科畢業，也有人五十歲才高中聯考。」

她又給千歲一支強心針。

「劉醫生你呢？」

劉醫生笑笑，「我正常十六歲進大學。」

看護安排王千歲看專科。

千歲總算瞭解到這種遺傳病情詭異之處，可幸王家只得他一人不妥。

一出醫院電話就響，大伯殷殷問：「一直在醫生處？」

「出來了。」

大伯放心，「來吃晚飯吧。」

一家斟出啤酒，邊喝邊吃邊談視力問題，慨歎人真是一點也病不得，健康是福。

第二天，千歲忽然發奮，重新報讀英文課程。

經過測試，他只得小六程度，這叫他氣餒。

一個眉清目秀的女教師同他說：「你若答應特別用功，可編你到初二課程。」

他猶疑片刻，「我試一試。」

千歲預繳一個月學費，聽到數目，他氣平了，一小時兩百二十五大元，無論是否患閱讀障礙，自幼失去父親的他當年都難以負擔這筆學費。

他注定要做夜更司機，每天晚上，駕車駛上公路飛馳，路中央貓眼釘一盞，在他眼前掠過，千變萬化的風景，他與他的乘客，奔向未知……

他到書店買了小小字典及筆袋，添了文房用品，心裏覺得好笑。

呵，遲來的學子生涯。

上課時發覺老師只教兩個學生，派下講義，叫他們做練習題。

千歲不明白，「怎樣做？」

「讀完這份《專業操守》，試答例題，題目是《校車司機患心臟病，是否應該即時知會校長》，如答是，有何種效應，如答不是，又有什麼後果，用理據支持答案。」

千歲張大雙眼，這是初二的英語課？

老師說：「你先看通了專業操守一文，自然會做。」

「你不解說？」

「靠學生本身領悟，才是先進教學方式。」

千歲幾乎想即時站起來走出課室，他按捺着性子，戴上特製眼鏡，讀那份守則。

遇有不懂英文字，他即刻查閱字典，第一頁花了一小時才讀完，坐在他隔壁的男學生已經答完題目交給老師，千歲滿頭大汗掙扎。

老師說：「你帶回家當功課，下一堂交，記住，欠一篇功課，扣百分之五分數，並無通融。」

如此刻薄，也是現代教學？

「老師，你並沒有教我。」

這樣便收兩百五？

老師不去理他，別的學生已經來了。

千歲回家，把功課攤開來細看，他的手汗濕透了筆記。

每看懂一段，他哇呀一聲，喜不自禁，像是克服某種困難，又跨前一步。

母親看到他着迷，既好氣又好笑。

金源揶揄他：「才初二？苦讀三年才中學畢業，你還打算讀大學？你上當了，這種講義哪裏值二百五。」

千歲卻說：「金源，這裏講做人的道義及操守問題，法律不外乎人情。」

「你用英文回答呀。」金源取笑他。

蟠桃抱不平，「你自己不學好，就別打擾千歲。」

她拉着他辦嫁妝去。

千歲媽說：「婚期訂在明年初。」怪羨慕。

千歲沒寫英文不知多久，執筆忘字，又不諳文法，寫了好幾小時，他脫下棱鏡揉眉心。

母親心疼說：「自然有人懂這些，何必與他們爭飯碗，你做好你的工作，不也就是一個有用的人。」

千歲陪笑，「媽媽說得對，我不過是好玩，讀懂了挺有趣。」

「他們說，會讀書的人，打開書本其味無窮，所以他們讀了又讀。」

千歲吁出一口氣。

一連兩個白天，他把功課改了又改，抄完又抄，小心翼翼交出去。

老師卻說：「王同學，你要添一架手提電腦，凡是功課，整齊地打出來呈上。」

千歲雙眼瞪銅鈴般大。

功課發回來，只給了一個丙減，辭不達意，文法錯誤，更正。

千歲一陣暈眩。

他清醒了，這好比愚公移山，怎樣做才好？

老師把幾本教科書交到他手上：「英語文法守則，動詞字典，以及造句手冊。」

千歲遲疑，此刻走還來得及，知難而退是極大智慧。

那清麗的女教師走近，「你可有時間，讓我來看看你的作文。」

千歲跟她坐下。

她用紅筆替千歲改卷子，一邊仔細講解，千歲金睛火眼全神貫注學習。

「今日始你調到我班來吧，我是孔老師，以後我用英語授課。」

千歲如釋重負。

那一篇校車司機患心臟病課文讀足四堂課，金源笑得咀都歪，「一千大元，一篇作文，一字千金，哈哈哈哈。」

千歲不去理他。

千歲媽由得他去，總比留戀桌球室酒吧或冶遊好得多，讀書代表上進。

大伯說：「千歲喜歡挑戰難題。」他可沒說到出息問題。

他的想法是：行行出狀元，少了個把書生，社會大抵如常運作，沒有跨境公路車司機，那些兩千多萬旅客怎麼辦？嘿！

做人不可妄自菲薄，做得更好是應該的，可是自慚形穢什麼的就大可不必。
這經營修車的中年漢不自覺已將文明社會中的個人主義發揮得淋漓盡致。
一晚，金源把休假的千歲拉出來喝啤酒。
千歲一進歡場就看見一對男女旁若無人般擁抱接吻。
那男子好面熟，他用力掐着女子手臂，像是要吞噬女方。
看仔細了，呵，千歲記得那張英俊得冷酷的臉。
他是鄧大小姐的男朋友，沒想到這男子如此好色，飢不擇食，怎麼會是好對象。
這時，只見一個壯漢過去拉開艷女，原來，半醉的她是他的女人，兩個爭風的男子吵了起來。
金源低聲說：「別管閑事。」
酒吧經理過去請他們離場。
金源與千歲喝了兩杯，忽然蟠桃電召，金源沮喪地說：「已經管起來了。」
千歲與他一起離去。
走到停車場，剛想上車，他們聽到呻吟聲。

金源低聲說：「別管閑事。」

千歲發覺隔兩輛車有個男子倒在地上，一臉鮮血，是他，他上得山多終於遇虎。

金源拉開千歲，「報警吧好市民。」

「別報警。」那男子掙扎，「我認得你，你是鄧家司機，請送我去醫院急症室，我有報酬給你。」

千歲過去扶他進車。

金源歎口氣，只得開車盡快駛往急症室。

男子傷得不輕，咀裏少了幾顆門牙，面頰腫起，可是他卻叮囑千歲他們：「請勿告訴鄧家。」

金源把他送到急症室大門，吆喝：「下車。」

他半走半爬地下車。

金源迅速駛走車子，他說：「這人是大小姐密友，已談到婚嫁，大小姐文靜嫻淑，所遇非人，可憐。」

千歲不出聲。

「這人還是律師呢，飽讀詩書，如此下流。」

千歲納悶，「應否告訴大小姐？」

「不要管閑事。」

「人人自掃，豈非自私。」

「千歲，她是小姐，那登徒子是律師，你只是司機，你有理說不清，那是他們私事。」

千歲歎口氣，金源自有道理。

「任得大小姐吃過虧學乖，無論發生何事，她仍然是鄧家大小姐，不愁吃用，呼奴喝婢。」

是，金源講得對，千歲噤聲。

金源最後丟下一句：「你努力讀你的英文吧。」

真的，他那小六程度的英語——我最想去的地方，是意大利名城翡冷翠，這句話用英文怎麼說？真坑人，逐個字推敲，很快出一身大汗，像做過劇烈運動似。

他盡量用簡單句子，文法不是現代式就是過去式，短短一百字作文，寫得似拉牛上樹。

不過孔老師讚他進步迅速。

她鼓勵學生：「王千歲，只要工夫深，鐵杵磨成針。」

千歲笑，對，還有精衛填海，愚公移山，天下無難事，只怕有心人。

孔老師長得瀟灑，短髮圓臉，討人歡喜，讀書女子都有股不一樣氣質，成年學生自然注意到。

「孔老師芳名叫什麼？」

「我叫孔夫子，為什麼不交功課？」

千歲低頭暗暗笑得肚痛。

「孔老師為什麼來教成人班？」

「因為你們真正願意追求學識，教起來事倍功半。」

學生們被她說中心事，沉默。

「作為一個教師，最缺乏挑戰是教名牌中小學：家長們已私下努力把子女訓練成半天才，連明年功課都做得滾瓜爛熟，平均分九十八點六，還有什麼可教？」

「孔老師是說我們是植物人，教懂一顆番薯才有成就感。」

「你才是番薯，不，你是椰菜。」

「別吵，讀書。」

孔老師輕輕說：「我的理想是到內地山區教貧民兒童。」

千歲抬起頭來，呵。

「已經有許多志願人士前往，不過，多一個更好。」

千歲一直沒有講話，他手上有一本狄更斯的塊肉餘生，看完要做讀書報告。

回到家，母親笑說：「讀書也有好處，再也沒有閑雜人等找你。」

桌子上有糕點，「誰送來？」

「大伯與三叔。」

母親笑容不減，有什麼好消息？

「蟠桃已懷着雙胞胎，他們決定速速註冊，取消酒席，改為蜜月旅行，特來通知我一聲。」

這下子連千歲都咧開咀笑，「好傢伙。」

「王家要添丁了。」

無論怎麼說法，老法新派，幼兒總叫人笑。

大伯見到千歲時說：「你媽的意思是，我退休之後，由你來輔助金源做修車行，兄弟同心，其利斷金。」

「金源有蟠桃幫忙。」

「你媽不放心你開長途車。」

「她過慮，我喜歡開車，自由自在，無拘無束。」

大伯咳嗽一聲，「最近發生許多事。」

「我會小心。」

「你別奮不顧身。」

「我明白大伯。」

「那麼，我把那輛小公路車轉到你名下。」

千歲呆住，大伯竟如此慷慨。

「你進可攻，退可守。」

「謝謝大伯。」千歲忽然鼻酸。

大伯拍着他肩膀，「我退休了，我家本非粵人，無端南下生活五十年，學會了鳥叫似的粵語，如今告老回鄉，回復江南人本色。」

他仰首哈哈大笑起來，千歲過去握着他的手。

「事情就這麼說好了。」

簡簡單單，交待完畢，大伯真是奇人，千歲由衷佩服。

金源註冊那日，全家前往觀禮。

三叔說：「真巧，鄧家大小姐也今日結婚，不過，她在英國倫敦舉行婚禮。」

千歲脫口問：「嫁給誰？」三字一出口又覺唐突。

「嫁她遠房表哥，他在英國外交部工作，婚後不回來了，鄧先生在市區買了一層公寓送她做嫁妝。」

千歲放下心頭一顆大石，她沒有選那個壞人，萬幸。

三叔接着感喟地說：「二小姐呢，看樣子打算玩一輩子。」他看着這兩個女孩子長大，「她倆都沒有架子，對下人親厚。」

三叔的判斷十分正確，許多社會地位優越的人都平易近人，孔老師是其中之一。

千歲在開車時都帶着書本與筆記，他添了一本發音準確的電子字典，閑時練習讀音。

乘客都被他感動。

「司機你這樣好學。」

「有志者事竟成。」

「叫我們慚愧。」

「司機將來想做什麼職業？」

千歲笑，不答。

一位老太太歎口氣說：「行行出狀元，人靠自己爭氣，是不是司機？」

千歲聽了，轉過頭去一笑，「多謝婆婆鼓勵。」

他濃眉大眼雪白牙齒兼一臉朝氣，笑容似一線金光耀亮車廂，幾個少女客看得發獃。

千歲開動車子。

輪候等客之際他琢磨功課：故事主旨是什麼，作者想告訴讀者何種訊息，對社會可有控訴，書中最叫你同情的角色是誰，用理據支持你的說法，在互聯網上查閱狄更斯生平……

忽然他聽見擾攘聲音，自書本中抬起頭來。

「什麼事？」

「打架。」

千歲下車，只見兩個孔武有力年輕司機正在沙地械鬥，兩人均受了傷，面孔，身體，都有鮮血流出，雙方都握着鐵管子做武器，咬牙裂齒，要置對方於死地。

千歲想勸架，可是弄得不好，第一個有生命危險的是他，不過，一報警又有麻煩。

他急了，在附近茶水檔處取過一隻傳聲筒，對牢大叫：「公安一來，起碼坐一夜，不用找生活？」

宏亮的聲音忽然霹靂般響起，大家都紛紛說：「有理，住手吧。」

千歲大聲斥責：「司機生涯還不夠辛苦，還要自相殘殺？」

「誰，誰在說話？」

千歲放下傳聲筒。

那兩個打架的年輕人一聽教訓，氣消了一半，兩人瞪視對方半晌，豎起汗毛漸漸平復，兩人同時噹啷一聲丟下鐵管，悻悻然回自己車上。

千歲鬆口氣。

這時，制服人員趕到，兇巴巴問話。

有人遞煙遞水，不知塞了什麼進口袋，事情漸漸平息。
茶水檔老闆出來取回他的傳聲筒。
有人用腳擦擦沙地，把血漬抹掉，恢復原狀，像什麼都沒發生過一樣。
乘客又拎着行李爭着上車。
可怕，千歲想，差點鬧出人命。
他們這一票人還不夠苦？人家讀大學他們開夜車，人家穿西裝他們穿短褲，還要不爭氣自相殘殺。
千歲見過三叔必恭必敬幫鄧太、小姐捧着購物袋放進車尾廂，彎着腰替她們拉開車門，讓她們坐好了才關上車門，下雨時還要打傘，車子一定要輕輕停在她們身前，否則，她們走多一步路都不肯，三叔還讚她們沒架子，「鄧家司機好規矩」，像在説一條狗。
千歲越想越氣。
他忍不住到茶水檔買了一瓶冰凍啤酒，仰頭喝兩口，歎口氣。
「誰的車子？」一個彪形大漢走近。
千歲走過去，「我的。」

「車門一直鎖上？」

「剛才有人打架，我急急鎖上車門。」

「我那裏走脫一個按摩女。」

千歲唯唯喏喏，「你可要看看？」

他打開車門。

忽然有人叫那大漢：「師傅，這邊。」

大漢看看車廂，「你走吧。」朝另一邊走去。

千歲巴不得離開是非地，把車駛到另一個村口載客。

他忽然聽到車內有一把聲音：「到嶺崗過境，再去飛機場，由落霧洲往亦鯉角，我給你三百元。」

千歲不相信雙耳，他自倒後鏡裏看到一個高大金黃頭髮的年輕外國女人對牢他笑。

女子大眼尖鼻白皮膚，不折不扣是個西洋人，衣衫單薄，這時老實不客氣把千歲搭在椅背的外套取過穿上。

她一定是大漢口中所說那個走脫了的按摩女。

千歲不出聲，那女子數出三百元先給他，然後點燃一枝香煙吸一口。

「車廂內不准吸煙。」

她又深深吸一口，笑着把香煙丟出車窗，千歲看到她手臂上汗毛金光閃閃。

她語氣生硬地哼起英文歌來：「寶貝要買雙鞋子，寶貝要走出這裏，寶貝要遠走高飛，寶貝要尋找新世界……」

千歲往飛機場駛去。

「我來自白俄羅斯，說：白俄羅斯。」

趨近了，千歲聞到一陣汗臊臭。

「你那麼年輕，做了多久？」

她際遇那樣差，離鄉千萬里，生死未卜，卻不改歡樂本性，這女子有什麼質素彷彿可供王千歲學習。

千歲不出聲。

「呵，你不愛說話。」她忽然改了歌詞：「媽媽需要一雙新鞋、媽媽需要看這個世界……」

車子飛馳出去。

千歲惻然，他日常遇見的，全是這些沒有明天的人，不知從哪裏來，活着，也不知要到什麼地方去，隨遇而安，過一日算一日，今天總要吃飽，太陽落山，找個地方憩息，明天再來。孩提時誰也沒有替他們計劃過將來，去到哪裏是哪裏，流浪尋找機會前程，這不是他王千歲嗎？不，他還有媽媽叔伯，他們比他更慘。

千歲把一隻旅行袋丟給白俄女。

她打開，見是乾淨女服，心生感激，到後座換上。又把頭髮掠往後腦用橡筋紮好，忽然像個清純少女。

千歲問她：「去何處？」

「有人接我去汶萊。」

「你家人呢？」

「似我這般地步，何來家人。」

「他們仍在白俄羅斯？」

「是，每月待我寄錢回去過活。」

千歲把三百元還給她，「去買雙鞋子，有機會走回家去。」

她嫣然一笑，「你真可愛。」

同是天涯淪落人啊。

她摟着千歲深深一吻，「祝我幸運。」

金髮女終於靜下來，在後座打盹。

車子駛進飛機場範圍，千歲停住車，想叫她下車，轉過頭去，車廂人跡杳然。

白俄女來去如風。

不知幾時，她已下車走得遠遠。

千歲不願空車回去，他換上牌子：「二十元回市區。」

忽然之間，一幫揹着背囊的洋人少年湧上車來，他們的導師高聲叫：「別爭，守秩序。」

千歲轉過頭去，又驚又喜：「孔老師。」

可不就是短髮圓臉的孔夫子。

「王千歲，」她也十分意外，「是你，再好沒有，載我們回市區吧，這裏一共十二名交換學生，今晚在市區青年會入住，明日才有熱心寄養家長來領走他們。」

「這責任多大。」

「誰説不是，這堆北美生像猢猻一般。」

「他們聽得懂嗎？」千歲駭笑。

「很快會懂，孩子們，靜一點。」

車子往市區駛去。

一班學生忽然高聲唱四重奏，歌聲輕脆：「划划划划你的船，順流而下，快活地快活地快活地，人生不過是一個夢……」

千歲沉默。

同一部車，載千百樣人，他是司機，他必須把他們安全地載到目的地。

抵達青年會，孔老師付車資，千歲說：「老師，不用。」

「怎麼可以，」孔老師堅持，「這是你的營生，油價上升至廿六年來最高，怎好叫你白做。」

千歲只得收下。

老師擺手，「明天見。」

那班黃頭髮學生也活潑地跟老師說中文：「明天見。」

千歲咧開咀笑。

那晚他回家用蓮蓬頭沐浴良久，身上仍似有白俄女洗不清的騷臭。

孔老師卻似股清泉。

天很快亮了。

母親同他說：「金源叫你到自己行裏加油，莫到外邊油站，說油價高得似搶劫。」

「明白。」

母親看着他，「孩子，你心事重重。」

「我很好，媽媽不必擔心。」

「最近都不見有女孩來找你。」

千歲笑，「那很好，少卻多少煩惱。」

「同齡女都結婚去，你會落單。」

「我才不怕。」

他走到露台上，忽然覺得陽光刺眼，原來對面房子有人用小鏡子反射他，亮光霍霍在他身上轉。

他約莫看到一邊笑一邊作弄他的是兩個年輕女子。

千歲連忙尷尬地躲進大廳。

母親問：「什麼事？」

「我上課去。」

他揹上背囊出門。

先到茶餐廳喝杯檀島咖啡，老闆娘同他說：「安娜她不幸福，離鄉別井，既寂寞又冷清，語言不通，只得吃與睡，胖很多。」

千歲不出聲。

「我也不幸福，天天守着一個茶水檔，沒個人說話。」

千歲看她一眼。

她無限感慨，「女人過了四十最好自動裝死，不甘心就會出醜。」

這是哪一家的理論？

「你母親也不幸福，年輕守寡，裝聾作啞，才存活下來。」

千歲按捺不住，「喂，老闆娘你客氣點。」

「我説的是實話，她幾歲？四十出頭，可是打扮得似六十。」

千歲丟下咖啡。

老闆娘繼續發牢騷：「所有女子的命運都悲哀不堪。」

昔日一推開冰室門，就看到安娜這塊活招牌，不是靠着牆壁與伙計打情罵俏，就是嬌聲問學生套餐好不好吃。

那時年輕人喜歡留戀冰室、茶餐廳多數有個愉快易記的名字：歡喜、大華、美美、合群……後來電子遊戲大行其道，私人電腦普及，他們都不大上街，關在房間裏就是一個世界。

茶餐廳裏的西施也嫁人去了。

她不幸福。

千歲想大聲問途人：喂，你幸福嗎，抽樣調查，隨意問一百人，看有多少人覺得幸福。

他回到學校。

孔老師比他早到，正在批閱他的功課。

千歲説聲早，接着問：「學生們都往寄養家庭去了嗎？」

「都領走了，這是個好計劃，寄住家子女可以藉此學習英語會話，交換學生們也可以熟習中文，昨日他們發現電腦字面解法原來是電子頭腦，感動不已。」

千歲輕輕說：「他們前程似錦。」

「你也是呀，王千歲，我讀過你作文，寫得相當好，文法句意尚待進步，可是已有涵意，這裏，你說書中妓女南施活在黑暗世界，死在黑暗世界，也許是一種解脫，有點悲觀呢。」

「在作者控訴的那種不公平時代，南施活到一百歲也沒有用。」

老師微笑，「你指工業復興前英國貧富懸殊情況。」

「我讀過有關報告，彼時倫敦貧民區疫症流行，滿街滿巷不知自己姓名的孤兒，他們的營生是掃清街道上馬糞好讓行人走過。討銅板為生，可是這樣一個帝國，在外卻征服了印度、南非、澳洲，可見民脂民膏全用在軍費上，罔顧低下層人民幸福。」

孔老師凝視他，肅然起敬，一百個學生中都沒有一個會接受一本小說啟示如王千歲，大多數成年學生補習都為着考試，答問題，取得資格拿到文憑方便找工作。

王千歲卻真正融入一本社會小說裏，且做了資料搜集，他懂得比別人多。

孔老師微微笑，這是一個優秀學生。

他有悟性感性。

而且真正覺得讀書是一種享受，從一本書中得到啟示共鳴。

「這個社會的階級觀念比從前進步了嗎，沒有，但是掩飾工夫比從前做得更好。」

孔老師咳嗽一聲，「五一勞動節慶祝遊行，幾乎釀成示威行動，何故？你支持抑或反對，舉例細述。」

她把題目交給他。

千歲取出他的手提電腦，年輕的他學得快，中英文打字都已相當上手。

孔老師看着他，有志者事竟成，凡是推說沒有時間累極了生活苦不堪言的人都不必再找藉口，有些人專愛陪異性密友打牌逛街，把那些時間用在學習上，鐵杆已磨成針。

稍後千歲對孔老師說：「我不敢妄想上大學，讀小學與中學我已經夠高興。」

孔伸手去拍拍他肩膀，她忽然告訴他：「我叫孔自然。」

千歲一怔，低頭不言。

今日他說話比平日多了百倍。

孔自然，大自然，自然逍遙，他們都有好名字。

金源蜜月回來仍然取笑他：「喲，家裏多了一名才子，祖宗積德。」

一個大雨天晚上，金源聲音不那麼鎮定，他顫抖着在電話裏說：「千歲，快來，幫我送蟠桃進醫院。」

千歲跳起床趕過去看個究竟。

只見蟠桃躺床上痛苦呻吟，金源一籌莫展，哭喪着臉流汗。

千歲立刻說：「你抬頭我抬腳，上小貨車，趕去醫院。」

他已有經驗，知道不用害怕，只需謹慎。

金源在後座陪着妻子，千歲飛車前往醫院，途中交通警察追上來。

金源大叫：「我老婆要生了！」

警察二話不說立刻幫他們開路。

急救人員已在大門等候，立刻把蟠桃抬進去，金源淚流滿面。

不一會醫生出來表示要做緊急手術，剖腹產子，着金源簽字。

金源刺激過度，號啕大哭，旁人側目。

看護連忙安慰：「王先生，我們可預期王太太及雙胞胎母子平安。」

「保證?」金源得寸進尺。

醫生笑拍胸口,「我來擔保好了。」

金源坐下簽字。

醫生說:「王太太已懷孕三十二週,胎兒發育良好,我們估計兩名胎兒各重三磅左右,需住氧氣箱。」

千歲暗暗吃驚,三磅,像貓一般。

金源對千歲說:「叫雙方父母來。」

千歲搖頭,「讓老人睡到天亮。」

看護凝視千歲,「你是好人。」

金源筋疲力盡倒在候診室沙發上。

千歲問:「孩子名字想好沒有?」

「兩個都是男胎,叫添錦與添威。」

千歲忽然反對:「不,不能叫那樣俗氣名字。」

「才子你有何主意?」

千歲決定兩個侄子必須有比較文雅名字。

「爸說要有金木水火土。」

「叫自由與自在。」

「什麼？」

這時看護推着氧氣箱出來，「王先生，恭喜你，母子平安，左邊是添錦，右邊是添威。」

千歲趨近看，只見兩隻小小紅皮老鼠，面孔皺皺，苦惱地打着呵欠。

他忽然感觸，當時如與蟠桃在一起，今日做父親的就是他，不過他的兒子，決不叫王添錦王添威。

那邊，金源又痛哭起來。

千歲連忙用攝影電話拍了幾張照片，這才通知了嬰兒的四祖。

一下子雙方所有親戚都湧至醫院，千歲靜靜退出。

他在停車場找到小貨車，打開車門，聽見背後有人問：「可以載我一程嗎？」

千歲轉頭看到恰才那個俏護士。

他忠告說：「小姐，千萬別乘順風車，也不可讓別人乘順風車。」

看護道：「你不是陌生人，我有你家地址電話。」

「上車吧，去哪裏？」

「我已下班，去喝杯咖啡如何。」

千歲笑笑，「我還有事，改天吧。」

他把她載到家。

「三十六號七樓甲座，我叫歐陽，現在你知我住在何處了。」

千歲大方說：「幸會。」

「你不認得我？」

千歲微笑。

「你家就在附近，斜對面那幢舊房子，自我家露台可以看到。」

千歲睜大雙眼，什麼，她就是那個瞥伯？她有正當職業，容貌端秀，可是，卻擁有如此奇怪癖好，可怕。

千歲忍不住輕輕問：「你看到什麼？」

輪到她微笑，「很多，我們知道，你沒有女朋友。」

「我們？」

「我與表妹同事。」

千歲深呼吸，「為什麼？」

聽到這個問題，歐陽感喟，「因為生活沉悶，工作壓力深重，因為我們只是小市民，不能像城內富豪千金般放縱任性以及無後顧之憂，我們這些女孩子只得苦中作樂。」

千歲聽得發呆。

她吁出一口氣下車，忽然轉頭，「以後站露台時，請脫去上衣。」她又笑了。

千歲過好一會才能開車，至少人家懂得表達心思，他卻不會。

千歲陪母親去探訪蟠桃，他們帶了小瓶叫一口盞的燕窩做禮物。

諸親友見他們母子來了，連忙招呼，一邊老實不客氣情不自禁地上下打量王千歲。

千歲只穿白襯衫卡其褲球鞋，戴一隻不銹鋼手錶，可是看上去朝氣勃勃，精神奕奕，他知道母親的親友正在判斷他底細斤兩，他們無禮，他卻不想失禮，不卑不亢微微笑朝他們招呼。

也只能這樣化解，否則，難道還偏着咀把頭轉到一邊不成。

三叔走近，「千歲，有無興趣到鄧宅做工？」

千歲連忙答：「我現在很好。」

「鄧家兩位小姐都很歡喜你，說你斯文有禮。」

千歲輕輕說：「她們好嗎？」

「二小姐依然故我，每朝兩三點鐘才回家，天天玩得興高采烈，大小姐婚後不大習慣霧都生活，鄧太太已過去探訪她，也許帶她回家。」

大小姐也不幸福。

「她本來有個男伴，鄧太太說他輕佻，我們看着也覺得評語很正確，他倆分開了，可是她想念他。」

那個好色的浪蕩子，千歲記得那個人。

三叔說：「都不關我們的事，千歲，你晚上在路上千萬小心。」

他拍拍他的肩膀去看那對孿生兒。

新一代出生了，他升級叔父輩，不再是長輩眼中的香餑餑。

那天晚上，千歲載着滿滿一車客人，往路上出發。

途上相安無事，經過一個避車處，忽然聽見響號不斷。千歲慢駛，只見一輛小型密斗貨車停在路邊，看不到司機，車號卻不停呼喚。

千歲停下車子報警。

乘客鼓噪：「司機，莫管閑事，速速離開現場。」

千歲轉頭說，「噤聲，鎖好車窗車門，你們若在公路出事，也希望有人打救。」

他下車去看個究竟，只覺耳邊車聲不住呼嘯經過，竟無人停下細究。

他一走近司機位便聽見呼救掙扎聲，他連忙打開車門，大吃一驚，只見一個男子手腳綑綁，紮得像糭子，咀上封着膠布，他發狂用頭撞向響號掣。

千歲連忙掏出瑞士軍刀，割開尼龍繩，那男子已經筋疲力盡，啞聲說：「兄弟，多謝打救，快替我報警。」

「警察即來，什麼事？」

「我駛到一個交通位見紅燈停下，一名男子忽然衝出，用鎗指嚇，強行登車，逼我服迷藥，我駛到這裏，逐漸昏迷，他們命我停車，綑綁封咀。」

他頭臉手腳紅腫，苦不堪言，喃喃咒罵。

這時，已聽到警車響號嗚嗚駛抵。

「附近沒有巡邏車打救你？」

「兄弟，這條路出名三不管，何來警力人力，快讓我下車檢查貨物。」

一看之下，司機連聲叫苦，原來貨車後門撬開，他大叫：「六千多部手提電話不翼而飛，全數被人掠去！」

警察趕到，千歲錄下口供，他說：「我還有一車乘客需要照顧。」

警察明白事理，「你去吧。」

千歲上車，對乘客說：「阻遲你們一個鐘頭，今日車費五折優待。」

車廂先靜了一靜，然後有人說：「司機，你做得好，我們願照付車費。」

剛才他們把臉貼在車窗上，把情況看得一清二楚。

千歲說：「坐好，開車。」

路上越來越凶險，像從前江湖一般，貨車最好聘請保鏢護行。

所以王千歲路見不平，拔刀相助，也是很應該的。

客人紛紛下車，都付足車資。

千歲卻不願做私人司機：阿王去這裏，阿王去那裏。阿王你把車兜到門前，太太去搓牌，小姐去喝茶，少爺要打高球……現在，他是勞動人民，載的也是勞動人民。

一個女司機走近，朝千歲搭訕：「聽說你從不超載？」

千歲不出聲。

「傻子，你不見得去買合法汽油吧，」她咕咕笑，「這樣，做到老也沒錢賺。」

千歲仍然不出聲。

「客車一路兼營快遞或載貨業務，檢查站眼開眼閉，早已打過招呼，一聲滿座之後，起碼還能超載十名八名：小孩坐到父母身上，大人蹲在過道，車門口踏板上也能『貓』兩個，順便接包裹，又賺一筆。」

千歲終於輕輕說：「我們走的路線不同。」

她又咕咕笑，「對，你載城裏人，他們聰明。」

女司機孔武有力，能言善辯，千歲敬而遠之。

客人坐滿，他又開車。

白天上課，他把早一晚的經歷用英語寫出：「……那司機不顧傷勢，先檢查貨物，原來那六千多部手提電話價值千多萬元，運貨生涯是越來越不容易了，如此司機生涯！」

孔老師讀了十分感動，把若干辭不達意部份改動，更正文法，把作文貼在布告板上。
其他同學不以為然：「孔老師若那樣盡心教我們，我們可以寫得更好。」
「老師偏心，喂，天下有無不偏不倚的教師？」
「王千歲你真幸運。」
千歲輕輕把作文摘下。
孔老師問：「你害怕閑言閑語？」
「不，他們不會明白，」他停一停，「你也不會明白。」
孔老師忽然改用英語說：「我是本市婦嬰院一個孤兒，五歲被一對美國歐裔夫婦收養，在新澤西州長大並接受教育，自幼到大，我遭遇歧視洗禮。」
千歲抬起頭來，他意外到極點。
「大學畢業，養母重病，養父與她離異另娶，由我照顧養母到她離世，然後，我到本市教書，一耽下來便是三年。」
千歲都聽懂了。
孔老師微微笑，絲毫沒有苦澀的意思。

呵，原來她有那樣的身世。

「對於苦難，我也略知一二。」

千歲哪裏還敢小覷孔夫子。

他又學了一課：不要以為天下就他一人最吃苦最無奈最不幸。

呀比上不足，比下有餘。

「王千歲，試用英語作答。」

「我不敢，怕講得不好，叫老師笑話。」

「我不會取笑學生。」

「我自覺羞愧。」

孔老師又說：「你一定奇怪，我為歐裔收養，怎會姓孔，我自何處找到姓氏，我是否見過親人?讓我告訴你，我養父姓尼楚，NATURE，他叫我孔妮，於是，我為自己取一個中文名，叫孔自然。」

千歲聳然動容，老師有可歎的身世。

「我在中華文化中心學習中文，沒有學好，不過也足以應付生活，我倆有很多相同之處。」

千歲不知何處來勇氣，期期艾艾，用英語回答：「怎能同老師比。」

「是，你更好學勤力。」

別的學生到了，孔老師叫千歲做新的功課：什麼叫歐洲文藝復興。

千歲想說，寫這些功課實在太費時間，他都無暇游泳打球，可是他不敢說什麼，唯唯喏喏下課。

忽然發覺，他大着膽子，竟與老師講了那麼多話。

平時，王千歲一個月也說不到那麼多。

第二天，他輕輕用英語問：「你一個人在本市，可是住親戚家？」

老師答：「收入不高，我在山上租一間房間，平時用公路車或步行，房東老太太對我很好，我幫她打理賬單信件，她替我準備膳食。」

「可有想家？」

「我想我先得找出什麼地方是我的家，但是，有點掛念老同學。」

他們開始做功課，他讀課文給老師聽，老師更正他讀音，漸漸上口。

假使老師可以整天陪他，一定學得更快。

真好笑，妄想老師終日陪在身邊。

千歲靈機一觸，把孔老師讀書聲錄下，隨時聆聽。

她讀新聞：「油價瘋狂上漲，並無抑止現象，高企在每桶四十元美金，勢必引起通脹，車主及生意人紛紛叫苦。」

千歲媽問：「這是誰，聲音多麼動聽。」

千歲笑而不答。

「是女朋友？」

「我倒想。」

「她用英語說些什麼？」

「媽媽，為什麼幾個叔伯都沒學好英文？」

「自小出來做工，哪有時間好好讀書，你三叔會說幾句。」

而王千歲同學本人，因視力障礙，看英文課本深覺吃力。

他聽見媽媽說，「對面有頑童玩鏡子反光。」

千歲把竹簾放下。

這時，他忽然明白，他心中仰慕的是什麼人。

當然不是嬌縱的鄧二小姐，也不是文靜但無甚主見的大小姐，亦並非特別善待他的女醫生，路上邂逅的鶯燕更不在範圍之內，王千歲真正喜歡的人是孔老師。

他想她在身邊，不是因為想學英語會話，純為看到她有一種平時罕有的喜悅。

他的手搭着簾子發呆。

媽媽說：「那日去看蟠桃，一大堆親戚，有幾個女孩子想認識你。」

不知不覺，王千歲已找到他喜歡的人。

他低下頭，他一點把握也沒有。

「千歲，為什麼發獃？」

他回房間去寫功課。

金源對家課的看法：「天天一大堆，有些同學自下午四時做到深夜，差些白了少年頭，那麼勤工，我打工隨時賺一萬八千，足夠零用，何用受刑。」

一不喜歡，便是受罪，不愛應酬的人一見盛大場面便叫苦連天，不愛讀書看到家課就無比厭惡，金源從來不做功課，他帶一隻球回學校踢。

到了初中三，金源自動停學，在修車行得心應手，不知做得多麼愉快，他磨砂的車身平滑如原廠手工，客人讚不絕口。

之後他把書本扔在一旁，不過今日他的口氣完全兩樣。

他同千歲說：「今日去取了孩子們出生證明文件。」

千歲笑，「他們叫什麼，順風順水？來福來旺？」

「照你意思。自由自在。」

千歲一怔。

金源結巴地說：「我在想，孩子們呢，總得讀好書吧。」

千歲低下頭，強忍着笑，差些流淚，啊，孩子們尚未滿月，王金源已為天下父母心現身說法。

他訕訕說下去：「讀大學，做官，或是當公司總裁，不用像你我做得手指發黑。」

千歲沉默，他覺得惻然。

金源終於像他那樣，看清楚了自身。

他抓着頭，「讀書人斯文。」

千歲輕輕問：「打算怎樣教導？」

「蟠桃說：搬到名校區域居住，一早請補習老師，教他們英文數學等科目，只准看教育電視，不許看胡鬧綜合節目，家裏禁絕粗話煙酒。」

千歲點點頭，「修車行由誰承繼？」

「將來再說。」

「你去名校接放學，是否換上西裝領帶，抑或，扮作司機？」

金源一愣，忽然聽出這是極大揶揄，他生氣，悻悻說：「狗眼看人低。」

「金源，做回你自己。」

「蟠桃與我不想孩子做粗胚。」

千歲只得拍拍他肩膀，「努力加油。」

金源猶自生氣，「你看死我兒子不會讀書。」

他走了。

千歲媽問：「這是怎麼一回事？」

「他做了父親，忽然感動，想把世上最好的給孩子。」

「對，應該如此。」

千歲不出聲。

千歲只想做一個比較好的王千歲，不是別人，他不想為任何人脫胎換骨。

那天晚上，他正在站頭等客，忽然聽到收音機報告：「因為旅遊車司機忘記攜帶省際旅遊證，引致車子在旅途中被民警扣下，十七名遊客在楓涇出口被警察攔住，動彈不得，司機沒向乘客作任何解釋，隨警察去了派出所，將遊客晾在一邊，全車乘客十分驚惶，不知如何是好，希望有好心司機空車前往楓涇接載旅客前往目的地烏溪，速與電台聯絡。」

千歲一聽，只覺好笑。

他打電話到電台，「我願義載，正駛往楓涇。」

「你貴姓名，幾時可到？」

「我叫王千歲，車牌一三三八二，約廿分鐘抵達楓涇。」

「謝謝你。」

千歲趕到現場，狼狽不堪的乘客見車湧近，忽然有人鼓掌。

千歲把他們連人帶行李載往烏溪。

乘客只給小費，沒有車資，千歲也不予計較。

第二天他往修車行加油。

忽然好奇問：「金源，油從何來？」

「講多錯多，不說不錯，明知故問。」

「不是違法柴油吧。」

金源瞪他一眼，「你才非法。」

「孩子們好嗎？」

「明天到你家吃飯，你不知道？」

「怪不得老媽要宰雞殺鴨。」

「你媽叫你成家，千歲，我們既不能揚名立萬，結婚生子也是一項成績。」

說到他的孿生兒，金源臉上發出亮光，求仁得仁，他最幸福，千歲認真替他高興。

上課時他問老師：「送什麼給嬰兒最好？我一對孖生侄子滿月。」

千歲的英語因為勤練發音頗準，可是語氣生硬，不太似對白，有點像背書，常常在不應該斷開之處停頓，正是初學者口吻。

老師卻只有鼓勵神色，「下了課我陪你去選一件顏色鮮艷的玩具。」

千歲的心咚一跳，這不是主動約會嗎，呵，有否機緣呢。

下課他們一起離去，在嬰兒用品店挑了若干玩具及衣物。

千歲大開眼界，原來今日幼兒自有他們全套日用品，可愛的小小件，不比千歲小時，什麼都是大人用剩，或是大人名下撥一些出來給小孩，千歲有點感觸。

付賬的時候，售貨員說：「先生太太，下週有新貨運到，有一種嬰兒床，安全舒適，請來參觀。」

千歲福至心靈，轉過頭對孔自然說：「明日中午，可否賞臉到我家吃飯？」

不料孔自然十分大方應允，「呵，那我也得選一件禮物，這隻小熊音樂盒很適合。」

千歲鼻酸手顫，要過片刻才鎮定下來。

下午他在家，情緒高昂，不能自已，滿屋亂走。

母親在廚房忙個不已，有魚有肉，加雞湯蔬菜，幸虧老房子廚房寬敞，足夠活動。

千歲幫母親裹雲吞，「為什麼吃這個？」

「因為像元寶。」

「華人為什麼崇拜金錢。食物尤其如此：金橘、麻球、餃子、油條……都象徵金錢、金條，最好錢財滾滾而來。」

「因為窮人多。」

千歲沒話說。

片刻三叔來訪，帶來水果，三叔對寡嫂一直這樣關心。

千歲媽忽然問：「三叔，你還記得羅湖橋嗎？」

三叔答：「嘿，當年但凡自內地由陸路出來，均需經過羅湖橋。」

千歲媽微笑，「當年我手抱，由母親帶我走過羅湖橋，我還記得四周有士兵站崗，嚇得一聲不敢響，媽媽說，父親就在橋那頭等我們。」

三叔感慨，「四十年過去了。」

千歲甚愛聽他們懷舊，斟出香茗，坐在一角細聽。

「真是百年滄桑，報上說兩百多噸重羅湖鐵路新橋已經啟用，全部電氣化，老橋被放在梧桐河迴廊當文物展覽。」

「記得梧桐河嗎？」

「當然記得，那邊是華界，這邊是英界，沒有合法出入境文件，叫偷渡者。」

叔嫂二人欷歔不已。

三叔說：「那時我父親一定要南下，長輩都反對：好端端離鄉別井，連根拔起，這是幹什麼？後來，才知道家父有判斷力。」

千歲媽點頭，「不過，新移民家庭十分吃苦。」

「不久也學會一口粵語，同小廣東一樣。」

千歲媽轉過頭來，「千歲，你載我們去走走新羅湖橋。」

千歲連忙答應：「明白。」

「千歲黑黑實實，像廣東人。」

「現在哪裏還分什麼省什麼縣，都是同胞。」

「你還記得寄包裹歲月吧，豬油白糖最受歡迎，每家雜貨店門口都貼着『代寄包裹』字樣。」

三叔微笑。

這時客廳牆壁上忽然出現一圈光影霍霍亂轉。

千歲媽嘀咕：「對面有頑童。」

三叔童心突起，「來，千歲，我們以彼之道，還諸彼身。」

他們進房去抬出一面穿衣鏡，搬到露台，把大鏡子對牢對面，剎那間把小小光圈折射過去，強烈百倍。

千歲哈哈大笑。

三叔也笑，「叫這班頑童三天睜不開眼睛。」

他們又把鏡子抬回寢室。

稍後他告辭去鄧家上班。

千歲說：「三叔一直沒有結婚。」

母親不出聲，過一會才答：「他眼角高。」

「是為着方便照顧我們吧，他怕妻子小器，離間我們叔侄感情。」

「他又說他沒有資格成家，單身沒有負擔，做人簡單得多。」

「三叔老來會否孤單？」

「有沒有子女，老了都一個模子，千歲，將來，你以自己家庭為重，我不要你為遷就老媽而遲婚。」

那天晚上他沒睡好，第二天上完課接孔自然回家吃飯。

千歲媽一打開門，意外之喜，她第一次看到千歲的朋友。

兩人長得竟那麼相像：一般濃眉大眼，同樣穿白襯衫卡其褲，一般背着書包。

千歲媽以為他倆是同學，好學的女孩總錯不了，她一點也沒有時下少女染金髮趿高跟拖鞋那些陋習。

她喜心翻倒，也不故作鎮定，忙不迭招呼貴客，介紹家人給她認識。

蟠桃斜眼看着孔自然：唏，清湯掛麵，幸虧抹了一點口紅，否則像個農民，揹帆布書包，穿斜布褲子，樸素過頭。

但不知怎地，她看看自己的大花縐邊裙及涼鞋，忽然覺得誇張。

幸虧今日兩個孩子才是主角，誰也搶不了他們鋒頭。

孔自然一見幼嬰，哈一聲說：「以往我看楊柳青年畫，只想，世上哪有如此可愛胖嬰，一定是畫家藝術誇張，今日看到這一對孖子，才知道完全寫實。」

千歲媽咧開咀笑，不愧是讀書人，稱讚人也那麼含蓄動聽。

吃完飯留下禮物，孔自然告辭，千歲送她出去。

他說英語：「菜式簡單，叫你見笑。」

「鴨汁雲吞令我回味無窮。」

千歲忽然輕輕說：「我是一個夜更司機。」

孔自然轉過頭來：「我是英語教師。」

千歲講得更加明白一點：「你不嫌棄我。」

孔自然微微笑，「來歷不明的棄嬰彷彿是我呢。」

千歲緩緩伸手過去，握住她的手，剎那間，歷年來委屈無奈像是在這一刻得到申訴，他心境忽然平靜下來，呵上天待他不薄。

自然閑閑說：「你母親的男友對她十分體貼。」

千歲莫名其妙，「家母沒有男伴。」

「那個無時無刻不靜靜看着她的中年男子，他理平頂頭，穿黑衣黑褲。」

「那是我三叔，先父的親兄弟。」

「呵。」

千歲卻不介意，「你看出來了。」

孔自然尷尬地笑。

「三叔真情流露，這些年來特別照顧我們母子。」

「你猜，你媽媽知道他的心思嗎？」

「家母是一個非常單純的人，我想，她這生也不會知道有什麼異樣。」

孔自然像是有話要說，但輕輕打住，他們北美長大的人，雖然爽直，卻不致無禮。

千歲卻這樣回答她：「家母是真的不知，並非大智若愚。」

自然點點頭。

送走女友，千歲回家，大伯與三叔聊得起勁。

「……你以為陸路凶險？海上更加可怖，今年二月，海盜在八號貨櫃碼頭起卸區劫躉船，掠貨二十多萬，去年三月，賊人持刀洗劫沙洲舢舨，漁民受傷垂危。」

「盜賊如毛。」三叔歎息。

金源說：「這叫做殺頭生意有人做，也有搶匪身中警鎗當場倒斃。」

看到千歲回來，大家注意力轉向他，「女朋友走了？」
蟠桃酸溜溜說：「很好呀，斯文、白皙、有學問。」
千歲亦覺滿意。
三叔看着他，「千歲，齊大非偶。」
蟠桃頻頻點頭。
大伯解圍：「千歲喜歡誰我們也喜歡誰。」
金源問：「她能做飯嗎、會帶孩子否、可知生活艱難？」
千歲微笑。
蟠桃搭咀：「洋人說的啊：當一件事好得不像真的時候，它大抵也不是真的。」
千歲媽替兒子抱不平：「王千歲配得起任何女子。」
千歲本來平和情緒給他們七咀八舌激起漣漪。
他走到露台去吹風。
三叔站在他身後問：「孔小姐是你同學？」
千歲猛然轉過頭去，「三叔，我家的事，自家作主，多謝你關心，不過，我已經長大成人，會得照顧母親。」
三叔退後一步，不知怎地，腳步忽然踉蹌。
他生平第一次遭到千歲搶白，這個打擊非同小可。
他勉強點頭，「我明白。」他退出露台。
接着，親人們告辭，千歲無意向任何人道歉。
大門關上，屋裏恢復清靜，千歲見大廳像刮過颱風，亂成一片，連忙幫母親收拾。
媽媽問他：「忽然面色又變，是誰叫你不悅？」
千歲不答。
「你三叔也真是，無故嘮嘮叨叨講了一大堆。」
千歲端張椅子叫母親坐下，握着母親雙手，明明有話要說，卻一句也講不出來。
那晚，他載着乘客走他熟悉長路，忽然落淚。
親人都提醒他：千歲，切莫高興得太早，也不要太認真，這件事上，我們不會說你是癡心妄想，不過，你要有個心理準備，當心是鏡中花水中月。
他一夜都沒睡好。

第二天去上課，另一個老師過來教他，「孔老師到領事館申請入境證，今日由我代課。」

孔自然沒對他說起這件事，她要到什麼地方去？

「王千歲你進步迅速，是補習社明星學生，盼望你繼續努力。」

每逢有人推門進來，千歲都會抬頭看過去，孔老師姍姍來遲，到十一時許才現身。

千歲連忙站起，他雙手又再恢復溫暖。

她也朝他招呼。

她示意他繼續學習。

千歲低下頭，原先到補習社上課，是為着學好英文，不是找女朋友，記住。

他凝神做習題，四十條錯了三條，老師稱讚幾句下課，他走到孔自然身邊。

她滿臉喜悅抬起頭，「千歲，今晨接到通知，我將赴甘肅教書一年。」

千歲呆住。

「這是我多年理想，今日終於可以實踐，千歲，同事們要替我慶祝。」

千歲發愣，那麼，他呢，他在她的將來全無地位？

他露出一個僵硬笑容。

「我太高興了，終於可以為失學孩子盡一些心意，我申請到一小筆費用，可以買書簿用具，我打算發起小型捐募，擴充基金……」

這時，她的同事們都圈上來打聽詳情，千歲悄悄退下。

他太天真。

一次握手，一個眼神，幾句體貼話，就以為他與她有將來。

三叔殷殷忠告，他卻把他趕走。

有人把中國地圖搬出找甘肅省，千歲已經離開補習社。

他內心沒有怨恨，也不是太過失望，只覺淒涼。

他到歡喜人冰室坐下。

老闆娘看見他說：「稀客來了。」

他捧着一杯紅豆珍珠刨冰，緩緩喝下，企圖想開丟下，他露出苦笑。

「安娜有信來，問候你。」

千歲抬起頭。

「她懷孕了，準備孩子出生，忙得透不過氣來，忽然習慣新生活。」

這是好消息，千歲為她慶幸。

「業主收樓改建，我們要結業了。」

千歲張大咀。

「像晴天霹靂可是，我哭足一夜，後來想，也好，自由了，以後可以到處去，再也不用呆看店。」

一個打擊接着另一個，千歲幾乎站不起來。

他踉蹌地離開冰室。

回家倒下，一句話不說。

母親開着電視機，熒幕閃動，記者說：「圳廣公路深夜車禍，兩輛貨櫃車把一輛房車夾成廢鐵，三死二傷，懷疑有人醉酒駕駛……」

千歲長長歎一口氣。

母親說：「今日不如休息。」

千歲點點頭。

「陪我到郊區走走。」

千歲駕車陪母親到海角看風景吃海鮮。

他建議到外國旅行觀光，先到日本，再去澳洲。

千歲媽被他逗得咧開咀笑。

傍晚他們經市區回家，千歲停車替母親購物，選一件外套及一隻手袋，母親問起價格，他只報十分之一，她還嫌貴。

到家太陽已經落山，千歲帶回六罐冰凍啤酒，喝得抬不起頭來。

若非放不下老媽，喝死算數。

他大字般躺床上昏睡過去，漸入夢境，他看到一個同他長得一模一樣的中年人，臉帶愁容看着他，咦，這是誰，是未來的王千歲嗎。

中年王千歲走近，「兒子」，他叫他。

呵原來是父親，千歲很少夢見他，驟然相會，他手足無措。

「爸」，千歲伸出手去，父親已杳杳消失。

他不知道母親這時正坐在床邊靜靜凝視他。

有人按鈴，是三叔來訪。

他喝一口茶，輕輕問：「千歲仍然浮躁不安？」

千歲媽點點頭。

「我去打聽過，那位孔小姐，是美國華僑，任職英語教師，最近打算出遠門，我不看好這段感情。」

千歲媽鬆一口氣，「噓，別讓千歲聽見你管他的事。」

三叔苦笑，「我們小時候自生自滅，真心渴望有長輩做指路明燈，可是你看這一代孩子，痛恨大人管教愛護。」

「時代不一樣了三叔。」

「你不必理他，他納悶一會就過去了。」

「孔小姐不適合千歲，人家像鳳凰一般，王家清寒，無福消受。」

三叔又說了一會話告辭。

千歲睜着眼睛什麼都聽見。

高高天花板上有一盞掛扇，輕輕轉動，有催眠作用，他盯久了，雙目酸澀，又閉上眼睛。

電話鈴響，母親去聽，「孔小姐，哦他在休息，晚上要開工呢。」

照說，他應該跳着飛撲出去搶過聽筒，但是這次他動也不動。

母親低聲說：「好，我同他講，別客氣。」

屋子又恢復靜寂。

千歲轉一個身，希望一輩子也不再醒來。

稍後，他還是起來了，看着鏡子裏的自己，不覺好笑：一臉鬍髭碴，舊線衫舊短褲，腳上一雙塑膠人字拖鞋，活脱一個粗胚，就差沒隨地吐痰，亂拋果皮。

他伸出雙手，幸虧指甲未致鑲着黑邊，喂王千歲，將來找女伴，還是往藍領堆裏尋，彼此瞭解同情，沒有誤會，誰也不高攀誰。

千歲沐浴更衣上街。

他把車子駛上老路，聽到收音機這樣廣播：「本季第一個颱風鳳凰逼近至三百海里附近，天文台已懸掛強風訊號。」

他看到海上捲起白頭浪，清勁強風撲面，使他壓抑稍減。

他並不打算到甘肅去探訪孔自然。

甘肅省面積四百五十萬平方公里，人口二千四百七十萬，首府叫蘭州，位於中國中北部，接近內蒙古及寧夏，貧瘠、遙遠，是古絲路必經之地……這些資料自書本得來。

孔自然是個有志向的好女子，性格像一隻隼，喜高飛遠走。

此刻，她又要去尋找理想。

除非她怠倦，自願靜下來，否則，無人可以捉摸她的意願。

千歲歎息。

不知不覺，車子駛近紅燈區。

雷雨風勁，雨絲打臉上，像細細鞭子，有點疼痛，可是鶯鶯燕燕忙着迎客，漠視風雨。

有幾個穿着透明賽璐珞雨衣，裏頭只有內衣，映映掩掩，十分有趣，司機們紛紛笑着下車。

千歲看到華美招牌，他伸手去招那個女郎。

女子一步步走近，她穿件粉紅色夾克，朝着千歲笑，「叫我？」

千歲在雨中看到她面孔，驚喜地說：「你痊癒了。」

那女子把眉毛一揚，像是不知道千歲說些什麼，但是她懂得隨機應變，「是呀，是沒有事了。」

她的皮膚光潔，體態丰盈，似比從前更加年輕漂亮。

「按摩、沐足、過夜，請跟我來。」

千歲身不由主跟着她走。

「你不記得我了。」

她咕咕笑，「我當然記得你，你是常客。」

千歲握住她雙肩，把她扳轉來，她詫異地看着千歲。

千歲付她現款，她拉着他進門，叫他坐下，問他可要煙酒，順手脱下外套，露出豐滿身段。

電光石火之間，千歲明白了。

他說：「你不是小紅。」

女子抬起頭來，「小紅，我沒說我是小紅。」

她長得好像小紅，但比小紅年輕健康美貌，她像從前的小紅。

女子反問：「你認識小紅？」

千歲點頭，「她好嗎，她近況如何？」

女子看着千歲，「你倒還記得小紅。」

千歲已知不妥。

她緩緩坐下，喝一口啤酒，「小紅上月已經病逝。」

千歲聽了，遍體生寒，呆着不懂說話。

「只有你問起她，」女子黯然，「人去燈滅，已經沒有人記得她。」

半晌，千歲輕輕問：「小紅是你什麼人？」

「她是我姐姐，她並不真叫小紅。」

千歲驚駭，「你明知她下場，你還步她後塵？」

那女子笑，「家裏還有大堆人要養，誰不想吃好點穿好點蓋個房子什麼的，自己小心點也就是了。」

千歲只覺物傷其類，無限淒惶，他低頭落淚。

「你與小紅什麼關係，你緣何傷心？」

女子一邊問一邊趨近，把手搭在千歲大腿上。

千歲緩緩站起來，推開木門，離開亮着紅燈的小板房。

「喂你，你叫什麼名字？」

千歲不出聲，回到車內，忽然暴聲吼叫，用拳頭大力擊向車座，接着，發動引擎，踩下油門，車子直衝出去。

他用極速危險駕駛，逢車過車，像瘋了一般，不知要駛往何處。

直到他看到閃燈路障。

他緩緩停下車子，警察過來同他說：「你快調頭走鄉級公路，這裏發生兩車相撞，一車翻入河中，未知傷亡數目。」

千歲看到小型貨車殘骸，傷者躺在路邊，有些動也不動，有些輾轉呻吟，大雨淋下，路邊形成一條血泉。

另外一個警察吆喝：「快駛離現場！」

千歲只得調頭往回駛。

回到家，一聲不響。

母親告訴他：「孔小姐向你辭行，她急不及待，前往蘭州教書，明日一早八時乘飛機往北京轉火車到甘肅。」

「明白。」他只答了兩個字。

「星期三中午，我約妥劉伯母及她女兒喝茶，你也來吧。」

千歲仍然用那兩個字：「明白。」

他媽擔心，把手按在他頭上，「忽然聽話了。」

他朝母親微笑。

母親輕輕說：「在媽媽眼中，千歲永遠只有七八歲模樣。」

千歲握緊母親雙手。

「為着媽媽，你要振作，好好生活。」

「明白。」

第二天一早他開車往飛機場送行。

孔自然一眼就看見他，她笑着走近，「千歲，昨日我打過三次電話給你。」

千歲看着晨曦中像是會得散發晶光的她，無限依戀。

她知道時間緊湊，同千歲說：「答應我一件事：繼續回補習社讀英文。」

千歲點點頭。

她鬆口氣，「我會寫電郵給你。」

「你自己小心。」

「千歲，你也是。」

這時，她那幫舊同事已經湧近，千歲退開。

他們像是看不見千歲，紛紛向自然問好。

千歲見目的已達，悄悄離開飛機場。

在甘肅省蘭州市某處，說不定有一個比他更憨鈍的愣小子，看到孔自然那麼友善親厚，會產生同樣誤會。

回程中買一張報紙，在內頁最不當眼之處，不知怎地，甘肅二字忽然攝入眼中：甘肅暴雨成災，隴南地區孔縣的草坪鄉及橋頭鄉暴雨成災，至少七人死亡，其中三人為兒童，五月二日下午六時左右，山洪暴發，五十二間房屋倒塌，二十三座電站沖毀，農作物受損面積達十八萬畝……

千歲平日怎麼也不會留意這段新聞，路途遙遠，不關他事，他有他的生計足夠忙碌。

他歎口氣，收起報紙。

回到修車行，他努力洗車，裏裏外外抹得乾乾淨淨，車廂裏果皮香口膠全部掃清，忽然在玻璃窗上看到一個倩影。

他轉過頭去，一時不認得那是二小姐鄧可人，她剪短頭髮換上套裝，但是卻仍然穿着紅鞋。

她這樣説：「人在專注工作時真好看。」

千歲問：「有什麼可以幫你？」

「左邊車頭燈撞碎需要更換。」

「請回原廠修理。」

「我一向來這裏。」

「這盞燈只得原廠才有。」

「奇怪，你大伯當家的時候什麼都有，他老人家到什麼地方去了？」

「他告老回鄉。」

鄧可人詫異，「哪個鄉下，你們不是土生土長？」

「他在浦東鄉郊置了幢獨立屋，五星環境，兩百多平方米，盡享內地低廉物價，雇一個廚子月薪才八百元。」

鄧可人好奇，「習慣嗎？」

「人人想過更好的生活，最近這幾年會有數萬家庭移居內地。」

她走近冰箱打開取一罐汽水喝。

「你呢，你有類此打算嗎？」

「我得看家母選擇。」

鄧可人沒想到王千歲對答如流，她說：「我家在內地也有業務，不過我對工作一點興趣也無。」

千歲看着她，「總會有一種職業適合你。」

她自嘲：「可惜吃喝玩樂不是工作。」

千歲又笑。

他沒想到可以同二小姐聊天。

鄧可人說：「我載你兜風。」

「你的車子有待修理，不如我載你一程。」

「我從來沒坐過這樣大的車。」

千歲想起都會諷刺一個人的環境每況愈下：房子越住越小，車子越坐越大。

「上車吧，二小姐。」

「送我回公司，我爸逼我上班呢。」

「那多好。」千歲又一次意外。

他們離開修車行，金源兩夫婦才從後門下來。

蟠桃喃喃說：「千歲並不虛榮，卻時時高攀。」

金源笑笑，「同鄧二小姐在一起，簡直是低就，那女孩的腦榫永遠不會生攏，你看，兩百萬一架跑車就這樣丟在這裏。」

「這輛跑車若果拆散逐項零件出售，一共可賣三百萬。」

兩夫妻搖頭歎息。

這時，鄧可人坐在大車後邊，不知多舒服，雙臂抱在胸前，對司機說：「到郊外兜風，我不上班了。」

「那怎麼行，公還公，私歸私。」

「千歲，我記得很小的時候，見過你一次。」
「有那樣的事？」
「你約十歲左右，老王帶你到我家花園玩，你喜歡那隻金毛尋回犬。」
「我記得那隻狗，但是卻不記得你。」
鄧可人啼笑皆非，「謝謝你。」
「尋回犬呢，牠很特別，並不看低人。」
「所有犬隻都上天堂，你看到牠時已十歲八歲，牠們壽數不同人類。」
「多可惜，牠叫什麼名字？」
「我家兩隻狗，一隻叫百子，另一隻叫千孫。」
輪到千歲啼笑皆非，原來他可以與牠們稱兄道弟。
到達目的地，鄧可人下車。
她丟下一句：「姐姐嫁人後，我寂寞不堪。」
「姐姐好嗎？」
「她想回家，又怕夫家不悅。」

她自己拉開車門，下車去了。

縱有煩惱，已經比貧女多若干選擇：家裏大門永遠開着，豪華跑車總在等她，無論在外邊多麼失意，家裏傭人還是必恭必敬叫她二小姐。

把車駛回家，才發覺車窗上用豆沙色口紅寫着：「約我」兩字。千歲凝視一會才擦去。

千歲如常補習英語。

一日車子經過遊客區，一對外籍老婦伸手截車，千歲停下，用英語對他們說：「我這是專線車，你們去何處？」

老太太見他英語流利，高興得很，「我倆要去大佛像觀光，找不到車子。」

千歲一看手表，正是計程車司機下班轉更時分，的確比較難叫車。

「你們上車，我載你倆去總站。」

老太太像小女孩般歡呼上車。

她倆穿着大花襯衫，戴寬邊帽子，掛着照相機，一路上嘰嘰喳喳，說個不停，她倆對市容讚不絕口。

千歲佩服她倆人生觀：活着心情愉快，盡量享受，不論年紀，照樣快活。

白種人對生命較為豁達，生老病死看得開，也愛惜動物及環境，值得學習。

「年輕人你英語說得很好。」

千歲笑，「不敢當。」終於派到用場。

到了計程車總站，千歲下車，替兩個老太太安排一輛包車，講好車資，請她們上車。

一個老太太忽然故作失望地問千歲：「你不一起來？」

大家都笑了。

一直到晚上，千歲咀角仍然掛着笑意。

千歲同母親說：「你，你未老先衰。」

「華人習俗不一樣，我們要是學洋人，便是老十三點。」

千歲吁出一口氣，多可惜。

「記住，明午與劉伯母喝茶。」

是要介紹對象給他吧。

母親挑的茶座相當優雅，母子坐在小房間裏，足足等了三十分鐘，對方姍姍來遲。

千歲只當陪母親散心，耐着性子，不發一言。

劉氏母女終於出現，千歲照外國人規矩立刻站起來。

那劉小姐悉心打扮過：濃妝、花裙、相貌不錯，可是不知怎地，好好一個人，卻喜搔首弄姿。

她似站不直，專靠在母親肩上，坐下之後，又撥頭髮，又仰着笑，沒片刻停下來，不住吸引人注意，看得千歲眼花繚亂。

連千歲媽都覺得不大對勁。

說不到幾句話，劉小姐告辭，說另外約了朋友。

這大概是表示對王千歲不感興趣。

千歲無所謂，多陪母親三十分鐘，挑了幾種點心打包，預備送給金源。

分手後，千歲媽咕嚕：「輕佻浮躁，不像個樣子。」

千歲笑而不言。

你挑人，人挑你，可是這樣？

幸虧雙方都沒把對方看在眼內，根本沒有下一次。

千歲去探訪金源。

金源歡呼一聲，打開盒子吃熱辣點心，一邊說：「千歲，蟠桃堅決搬家，一切為孩子着想：前途要緊，務必設法考進名校，不惜工本，我們不能叫孩子步我們後塵，你說可是。」

千歲不出聲。

「可記得你我在球場混到深夜不願回家不顧功課，跟一些人吃喝，差點入會？我的孩子可不能那樣。」

千歲仍不說話。

「人要突破出身談何容易。」金源語氣忽然文雅，「我家原是工人階級，孩子們做第一代讀書人，可得靠他們自己努力，我不會教功課。」

「工人始終屈在社會低下層。」金源乾笑數聲，「書本上說的什麼職業無分貴賤之類，都是故作大方，唉——」

接着，他說起育兒經驗，婆婆媽媽，似個中年太太，千歲無從搭腔，只得拍拍他肩膀。

那輛華麗跑車仍然停在車行裏，爛燈已經除下，新燈尚未裝上。

千歲想一想，撥了個電話，叫原廠師傅派人來把車駛走。

「二小姐若責怪下來，你負責應付。」

千歲答：「我不怕。」
「她仍然纏着你？」金源怪羨慕。
「沒這種事，別亂講。」
千歲看着原廠把鄧可人的跑車駛走。
不知為什麼，他像是放下心頭一塊大石。
颱風鳳凰離境，來了喜鵲，橫風橫雨。
他母親說：「千歲，今晚別出去了。」
「車站上照樣擠滿百多輛車。」
「人家是人家，你是你。」
「可計雙倍車資。」
「叫你別去。」
千歲笑答是是是。
母親看着兒子輕輕說：「聽說一結婚，就都光聽妻子的話了。」
這許是她唯一心事。

「媽媽我陪你回鄉探親。」

「所有親人都問我們要東西，先是豬油白糖，後來要電器家具，接着要七日港澳遊，現在看不起我們了。」

「你可想回鄉住？」

「我喜歡城市。」

千歲覺得母親還有別的原因。

果然，她輕輕說：「你爸回來，找不到我倆，那可如何是好。」

講得有道理，千歲惻然，他也盼望父親時時在夢中出現。

深夜，電視開着，播幕員不停輕聲報告颱風新聞，千歲打瞌睡，夢中看到自己只有一點點大，父親彷彿已經辭世，他滿山走，漫無目的，有點淒涼，卻又有點暢快。

熒幕上閃過一輛鮮紅跑車殘骸，記者說：「跑車撞成一團廢鐵，懷疑司機醉酒超速駕駛……」

千歲沒看見，他蜷縮在沙發上熟睡。

他母親輕輕關掉電視。

他睡到第二天清晨，被門鈴喚醒。

門外站着三叔，他鐵青着臉，強作鎮靜。

千歲問：「什麼事？」

「千歲，別驚動你媽，快梳洗，跟我走。」

任何時候，三叔都那樣尊重千歲媽，真正難得。

千歲連忙洗臉更衣，與三叔出門，「去何處？」

「派出所。」

「到底什麼事？」

三叔歎口氣，「二小姐昨夜車禍出事，重傷入院。」

千歲張大咀。

「她的跑車風雨中閃避一輛貨車，撞上燈柱成一團廢鐵，幾乎斷為兩截，救護人員剪開車門，把她拖出，她一直昏迷不醒，警方與鄧家追究責任。」

千歲明白了，他出了一身冷汗。

「車子進過王家的修車行。」

千歲連忙說：「我會向警方交待，跑車的確停過王氏修車行，但是我們卻原封不動通知原廠駛走。」

三叔一聽，突然鬆口氣，剎那間出現一臉皺紋，像是老了十年。

「讓我說話。」

派出所內鄧家律師一見他倆便迎上來。

警員接着問：「誰是王氏修車行負責人？」

「我，王千歲。」

王金源有妻有兒，凡事還是由王千歲擔當的好。

三叔遲疑片刻，維持緘默，他並非偏心，凡事分輕重，這個時候，他也覺得千歲做得對。

千歲異常鎮定，答案紋理清晰，時間地點俱全，方便警方記錄。

「我決定請原廠修車師傅派人來開走跑車，我們有記錄，並且有對方簽名。」

「鄧小姐為何不往原廠？」

「我假設她認為我們手工不錯。」

「還有其他理由嗎？」

「也許，她常常修車，我們比較快捷，但這次我們沒有零件，故此，不予授理。」

「你可有碰過引擎或煞掣？」

「完全沒有。」

這時，三叔忽然站起向一個人迎去，那人身形神氣高大，千歲聽見三叔叫他鄧先生，原來是鄧樹燊本人到了。

他與律師低聲談了幾句。

然後他走近千歲，「勞駕你。」

千歲連忙站起來垂手說：「應該的。」

律師再與他商談一會，他又匆匆離去。

這時，警官對王千歲說：「你們可以走了。」

三叔鬆一口氣，與千歲離開警署。兩人汗流浹背，這才發覺，已在派出所逗留超過三個小時。

千歲問：「鄧可人情況如何？」

三叔惱怒，「誰理她，夜夜超速駕駛，如一枚定時炸彈，禍延他人。」

千歲不出聲。

「幸虧這次我們沒有替她修車，否則麻煩多多，警方已把那團廢鐵拖走，鄧家會找專家研究可是機器出了毛病，我們甩難。」

千歲沉默。

「過一段時候，我會向管家辭職，千歲，這次多得你。」

「應該的。」

三叔長長噓出一口氣。

千歲在三天後才從三叔口中知道鄧可人已經甦醒。

他說：「命不該絕，她頭顱嚴重受創，半邊頭蓋骨粉碎，只剩一塊頭皮包着腦子，左耳失聰，喉嚨重複插入氧氣喉，令聲帶受傷，據說聲音粗糙。」

千歲驚駭，「以後怎麼辦？」

「醫生神乎其技，會有辦法，她此刻戴着特製頭盔保護頭顱，將來用人造頭骨接駁。」

千歲問：「她在哪間醫院？」

「聖靈私家——千歲，此事與你無關。」三叔警告。

「明白。」

可是過一天，千歲還是到聖靈醫院探訪。

「我叫王千歲，請問鄧小姐是否方便見我。」

「你等等。」

看護進病房說話片刻出來。「鄧小姐請你進去，不過，先隨我來穿上袍子口罩。」

他輕輕走進病房，一時沒把病床上傷者認出來。

是她先叫他：「千歲。」聲音嘶啞。

他蹲向前。

鄧可人像隻被主人丟棄的洋娃娃，瘦小軟弱，臉上有縫針疤痕。

千歲不知說什麼才好，半晌，他說：「以後別開快車了。」

她反而笑，「我醉酒，什麼都不記得。」聲音啞得幾乎聽不出。

這時，有人推門進來，一般穿着袍子口罩，可是看得出是個女客。

看護說：「可人，鄧太太來看你。」

千歲意外，鄧太太竟這樣年輕，彷彿不比鄧可人大許多，他驀然想起：這不是鄧可人生母。

果然，那位鄧太太站在病房門口，並沒有走近意思，只遠遠招呼一聲。

母女冷淡地說了幾句，然後，鄧太太說：「你有朋友，我先走。」

她拉開門離去，一出病房，就扯脫身上袍子，露出名貴套裝。

可人不出聲。

千歲輕輕問：「姐姐可有來看你？」

可人點頭，「她忽忽來回。」

千歲忽然問：「幾時裝人工頭骨。」

「明天下午。」

千歲說：「祝你早日痊癒。」

「多謝你來看我。」

千歲離去之際在走廊看到鄧樹燊與隨從進來，他輕輕閃避一旁。

千歲不想打躬作揖。

那幾個人走過，走廊好像捲起一陣風，所以叫威風。

千歲靜靜離去。

可憐的鄧可人，平日一起玩的豬朋狗友不知去了何處。

她的紅鞋兒呢，醫院只有一雙灰色拖鞋。

不過，她仍是鄧樹燊的女兒，她決非公路邊紅燈區裏一名飄零女。

也許，王千歲的同情心是過份氾濫了一點。

下午，金源蟠桃夫婦抱着孩子們來道謝。

金源汗顏，「三叔說你一手把事攬上身。」

蟠桃同孩子們說：「說謝謝二叔，說。」

兩個幼兒咧開咀笑。

千歲媽莫名其妙，「什麼事？」

金源吁出一口氣，「千歲，你是好兄弟。」

千歲拍拍他肩膀，「我們沒事。」

一家四口吃了飯才告辭。

千歲媽說：「他們家真熱鬧，沒一刻靜，孩子們會走路的時候，更加吃不消。」

過一會，她說：「劉太太問你為什麼不找他家小姐。」
「我以為她不喜歡我。」
「我猜那是欲擒故縱。」
千歲笑，「誰有空玩遊戲。」
「那麼，明日陪我與桑太太喝茶。」
真沒想到母親有那麼多朋友，而那些伯母，又都有待嫁的女兒。
不是人家不夠好，是他配不上別人。
第二天他不願去見桑小姐，千歲媽忽然落淚，千歲嚇得即時更衣。
到了公園茶座，千歲媽仍然雙眼通紅。
桑太太朝千歲點頭，「千歲長這麼高了。」
她外形樸素踏實，千歲對她好感。
桑小姐也遲到，不過桑媽有解釋：「桑子在飛機場上班，她馬上來。」
桑小姐忽忽趕到，活潑大方地打招呼，身上還穿着卡其布制服。
她是文員，千歲一看就知道不是對象。

可是桑伯母隨即介紹：「桑子在飛機場任職見習修理員，你們倆的工作都與機器有關。」

千歲心想，噫，可能多一個朋友。

桑子叫了客冰淇淋爽朗地吃起來。

約會後千歲媽說：「桑女比劉女好得多。」

千歲取笑說：「不怕不識貨，只怕貨比貨。」

「啐，太不尊重。」

「媽，誰會讓讀過書的女兒嫁一個司機。」

「照你這麼說，司機統共娶不到老婆，豈有此理。」

回到家，千歲查閱電郵，並無孔自然音訊。

雖是意料中事，卻仍然失落。

報上小角落有關甘肅二字新聞還是吸引他注意，大部份是壞消息，像五月十五日下午四時，由白蘭高速公路白銀駛往蘭州方向高嶺子隧道內發生重大車禍，一輛轎車與一輛加長大貨車發生追尾碰撞，二死三傷。

記者連死傷者姓名也不寫：反正告訴你也不會知道。

終有一天，甘肅兩字同山西、遼寧、湖南、寧夏、青海這些省份一樣，失去任何特別意義。

三叔來訪，同千歲媽說：「千歲今年長大許多，你可以放心。」

千歲媽忽然笑，「我放心他？等他一百歲吧。」

千歲搔搔頭，一百年？那是一個世紀呢，人無百歲壽。

三叔卻說：「我們都已年過半百。」

「你盼望長壽？」

「我不介意皮膚在骨架上打轉，最重要是健康。」

千歲媽問：「聽說你向東家辭工？」

「提了，東家不讓我走，鄧先生親自出面挽留，加薪百分之三十，我允留下。」

千歲媽嗯一聲。

三叔聲音低下去：「我在鄧家，認識一個人。」

屋子忽然靜默，三個人，都不說話，電話鈴響，也沒人去聽。

三叔輕輕說下去：「她叫范迎好，人老實，相貌端莊，是管家老范的侄女，三十歲，高中程度。」

千歲立刻知道是什麼一回事，他微微轉身，看向母親，想知道她的反應。

只見千歲媽咀角彎彎，像是微笑，但是眼神呆滯，這個消息對她來說，不是好事。

三叔說：「我倆打算結婚。」

千歲媽連忙說：「恭喜你，三叔。」

三叔欠欠身，「我很想有個家，迎好廚藝頗佳，人品不錯，過年過節，她到鄧家幫手，我們因此認識。」

千歲說：「三叔幾時介紹我們認識。」

「一定。」

他想一想，所有的話都說完了，便站起告辭。

千歲納罕，輕輕說：「滿以為三叔不再打算結婚。」

可是時勢環境轉變，忽然這種老王老五大受內地女子歡迎，又有生機。

三叔結婚後，他們母子勢必寂寞，三叔不可能兼顧兩頭家。

千歲倒是不怕，可是母親少一個說話的人，叫他惻然。

千歲問：「三叔還打算生兒育女？」
不可思議，五十多歲生孩子，待子女成年，他連路都走不動。
可笑的三叔，可笑的人類。
這時，千歲吃驚，原來他竟那樣自私，他根本不希望三叔有他自己的家，三叔最好永遠負責照應他們母子。
母親不出聲，走到露台看茉莉花。
門鈴解了他們母子的窘，門外一對年輕男女，由旅遊協會派來，這樣說：「一對艾克遜老姐妹，來自美國德州，特地致電我們，表揚一位熱心司機，她們抄下你車牌號碼，我們經過查探，找到一位王千歲先生。」
「我就是王千歲。」
「王先生，協會想給你一個獎狀。」
「不敢當，我做的所有事，都屬份內，每個司機都會那樣做。」
「王先生，我們覺得你的名字有點熟，打探之下，原來你一向熱心公益……」
千歲汗顏，他說：「驚動你們不好意思，今日我還有點事，我們改天再談。」

他幾乎把他倆推出門去。

這些時候，母親仍然站在露台上。

下雨了，茉莉花清香直滲進屋內。

這天，千歲幫三叔去接鄧二小姐出院。

鄧可人坐在輪椅上推出來。

看護想扶她上車，被鄧可人推開，小姐脾氣不減，一看就知道她可望完全復元。

她的五官微微扭曲，耳朵失聰，容貌同從前的俏麗是不能再比。

最驚人的是保護頭盔與紗布已經拆除，千歲看到她短髮下有科學怪人般縫針，像拉鏈般交叉整個頭顱。

看到千歲，她有點高興，想說話，可是張開咀，又忘記想說的是什麼。

送她到家，管家出來迎接，鄧氏夫婦卻始終未曾現身。

管家對千歲說：「下星期一你還得來一趟，送二小姐到美國史丹福求醫。」

管家語氣有點無奈，千歲立刻應允。

「她腦子裏積瘀血，說不定還需打開醫治。」

千歲退下，這時，鄧可人轉過頭來向千歲招手，千歲連忙走近。

鄧可人看着他微笑，她輕輕問：「我的鞋呢？」

管家連忙答：「二小姐你的鞋全在房裏。」一邊朝後邊擺手，叫千歲離去。

千歲識趣即時退出。

他看到女傭提着一雙紅鞋進去，不由得深深歎息。

三叔對他說：「醫生說二小姐只可以恢復八成。」

千歲不出聲。

三叔又說：「有八成功力也足夠應用。」

三叔是活潑得多了。

他帶千歲進員工休息室。

「迎好，我介紹侄兒千歲給你認識。」

那位范女士轉過頭來，五官端正，一臉笑容，與三叔的殷實十分相配。

千歲恭敬問好。

他們坐下聊一會，未來三嬸爽朗健談，千歲立刻喜歡她，少了一重心事。

三叔笑着說：「當司機其實是做迎送生涯……朝早一批人上車，下午那些人下車，又有另一票上來，陌生人，可是有緣偶遇同車，亦需珍重。」

千歲點頭。

司機永遠在路上，只有乘客可以下車，司機歷盡滄桑，唯有向前。

世上，有些人是司機，有些人是乘客。

三嬸親手做了碗刀削麵給他吃，千歲讚不絕口，接着他告辭回家。

在補習學校，學習英語彷彿失去從前滋味，測驗成績在八十分左右，又為他注射強心針。

他開始讀馬丁路德傳記，從前常常聽到這個名字，不知是何方神聖，現在明白了，因此把課文背得爛熟，當作一種特殊享受。

補習社再也無人提起孔自然，人走了，人情也接着消褪，新面孔補充了教席。

星期一，千歲送鄧二小姐往美國。

管家親自伴行帶着女傭，三人共十多箱行李，浩浩蕩蕩，往飛機場出發。

二小姐戴着帽子，看不到傷口，神情呆滯。

一個送行的朋友也沒有。

不知是沒有通知他們，抑或他們無暇道別，鄧可人孑然一人上路。

那日下午，剛停好車子，推開車門，忽然有人自行上車，兩個坐他身邊，另一個坐在後座。

兩人身手敏捷，千歲來不及反應，已經被按在座位上，後邊有人用硬物指着他後腦。

「開車，照華南路直駛。」

千歲回過神來，他輕輕說：「先生，你們認錯人了，我叫王千歲，與你們一向沒有轇轕。」

「王先生，我們也是聽差辦事，開車。」

千歲知道他們敲暈了他，一樣可以把他帶走，屆時頭上還多一個瘤。

他只得強自鎮定，朝華南路駛去，到達僻靜小路，大漢命令他停下，立即另外有人來拉開車門，叫千歲下車。

「王先生，這邊。」

大漢指向停在路邊一輛黑玻璃窗大車，示意千歲上車。

千歲忽然想起母親，心中恐慌，雙腿發軟。

大漢拉開車門，他進後座，發覺有一個中年男子已經坐在車裏。

他神情親和，一臉笑容，「你好，千歲，可是喝青海啤酒？」對他的嗜好瞭如指掌。

司機遞上啤酒花生。

車廂寬鬆舒適，面對面兩排座位，像個小型客廳。

「千歲，我是一個有話直說的人，我想與你合作做生意，聽滌衣街及木蘭路的行家說：你為人可靠負責，膽大心細，正是我想羅致的人才。」

中年男子五官端正，修飾整齊，口氣斯文，口口聲聲說做生意，千歲略為放心。

他看着中年人，待他說下去。

「很好，你不愛說話，實不相瞞，我最怕多話的人。」

千歲點點頭。

「千歲，你每晚走嶺崗，據我手下說，你只載人，全不載貨。」

千歲明白了，他輕輕說：「我王家只會規規矩矩做人。」

中年人笑，「我也姓王，你叫我王叔好了。」

千歲發覺大房車在市郊緩緩兜圈子。

「千歲，每晚你替我帶一箱貨物上車，你如常駕駛，到了站頭，自然有人接應，半年之後，你會有能力自置樓宇，做一門生意，發展才能。」

千歲仍然不出聲。

「你心裏在想，這是什麼生意？我可以告訴你，世上無所謂合法或非法生意，生意就是生意，我與你互相利用，彼此都有益處，你已經廿多歲，也該想想前程問題，你不能一輩子做夜更司機，這條路你也走膩了。」

千歲詫異，他從未試過與說服力如此強烈的人對話，一直以為江湖客是粗人，他錯了。

王叔親切地說：「你走的路通向死胡同，快快另找出路，三年後嶺崗地下鐵路通車，你們統統要轉行，屆時你已老大，怕不容易找到新職。」

千歲看看他，這王叔連他年歲都一清二楚，每句話都說到他心坎裏去。

「你還有寡母需要照顧，手邊寬鬆，替她僱個幫傭，苦了一輩子，也該鬆口氣。」

千歲忽然淚盈於睫。

「每天晚上，我會派伙計上車放妥貨物，到了嶺崗，又會有人取回貨物，你毋須知道貨物在什麼地方，你如常開車即可。」

交接如此簡單便捷，可見這個集團經驗老到，辦事精密，已有一套規矩，他們經營肯定有一段日子了。

看樣子，這王叔不過是一個中層人物。

那合作建議是如此吸引。

「擁有積蓄，人就自由。」

千歲發覺他在鄭重考慮，不由得汗流浹背。

「每走一次車，我會把這筆數目存到你名下，戶口在美國西雅圖國家銀行。」

王叔給他看銀碼及戶口號碼，呵，數目龐大。

這時，王叔忽然這樣說：「做得好，在集團會有升職機會。」

千歲忍不住駭笑，王叔說得好，這也是生意，分明是間大機構，自然有晉升機會。

「千歲，不要放棄機會。」

千歲終於開口：「暴利生意，不適合我。」

「你有一天考慮的時間，如決定加入我們，可在車頭放一個暫停載客牌子。」

車子停下，司機開門給他，放他下車。

整個過程像電影裏一段劇情。

回到家裏，千歲揚聲叫母親。

沒人回應，他心頭一緊，慌張起來，一路叫着進母親寢室。

只見母親躺在床上，臉色青白，揪着胸口。

她已不能說話。

千歲立即叫救護車。

臨急找三叔，住宅與手提電話都無人接聽，大伯已經回鄉，金源自顧不暇，千歲從未試過如此滄桑。

公立醫院大房間裏躺着數十病人，半數以上痛苦呻吟，像人間煉獄。

千歲忽然鎮定下來，同醫生說：「我要轉私立醫院。」

當值醫生說：「病人輕微中風，需做心臟手術。」

「我明白。」

他跑回車站，把「暫停載客」牌子豎起。

他另外寫了一行小字：「家母入院，需要急用。」

一杯咖啡時間回來，字條已經不見。

千歲上車，發覺車底剎車掣上有一隻信封，裏邊放着一疊金黃色現鈔。

千歲伏在駕駛盤上，深深悲愴，世上原來沒有歧途，只有唯一的路。

他知道母親手上還有一點點錢，那是寡母用來防身，斷然不會輕易取出亂用，他為人子，應負起人子責任。

千歲剛好來得及到醫院辦理手續，他與專科醫生商量過後立刻決定做手術，一次過付清費用。

以後，即使要他用一條右臂來換，在所不計。

母親甦醒，仍然無力言語。

千歲握着她雙手，肯定告訴母親：「有我在，你好好休養。」

那天晚上，他照舊駕車過嶺崗，出發之際，他知道貨物已在車上，什麼貨色？千歲苦笑，總不會是一箱水果，或是兩瓶洋酒。

千歲明知故問。

現在，他已置身非法行業。

千歲茫然。

檢查站的執法人員大多認識這批職業司機，知道王千歲是模範市民，特別方便，他順利過關。

到站下車他掩上門去喝茶，回來，發覺車廂尾一隻小型滅火筒轉換了方向。

他心中有數，一聲不響，接客上車。

煞掣上又有一隻信封。

三天之後，母親已會說話，對於中風一事，毫無記憶，才不過中年的她，忽然呈現老態，詞不達意，記錯名字，時間，地點。

然而醫生卻覺慶幸：「救治及時。」

但是千歲知道，母親再也不會做到從前那般，也許，對她來說，日子只有容易過。

三叔接到消息趕到醫院，萬箭鑽心，充滿悔意地說：「我不過去了峇里島三天……」

三嬸緊緊跟在他身後，不停地笑，不願離開他半步，現在，他是她的人了，她需看牢他。

三叔見千歲媽已經甦醒，淚盈於睫。

千歲走近說：「媽媽，三叔來了。」

千歲媽轉過頭來，「三叔。」她輕輕叫他。
三叔握住她的手，有所決定，對千歲說：「你同迎好去喝杯咖啡。」
三嬸說：「我不口渴。」
「去。」
三嬸仍然在笑，不過笑得略僵，千歲陪她出去。
三叔低聲同千歲媽說：「他放出來了。」
千歲媽怔怔聽着。
「真沒想到廿年牢獄，晃眼而過，他自紐約回來，有人看到他在本市出現。」
千歲媽不說話。
「他跟朱飛那夥，不知又有什麼主意，我十分擔心，我猜想他會來找千歲。」
千歲媽只說：「啊。」
「我真怕千歲會見到他。」
千歲媽凝視三叔一會兒，忽然像是想起什麼，有點高興，她問：「你母親好嗎，她沒同你一起來？」

三叔呆住。

電光石火間他明白了，千歲媽根本不知道他是誰，當然也不明白他在說什麼。

他是壯漢，看到這種情況，不禁傷心落淚。

千歲回來，同三叔說：「醫生說她過些時日會得好轉。」

三叔悲忿，「她從來沒過過好日子。」

三嬸忽然笑着問：「私立醫院的單人病房，又雇着私人看護，費用驚人呢。」

三叔抬起頭來。

千歲緩緩說：「我們還有點積蓄。」

三嬸笑咪咪，「我們走吧，這裏有醫生看護。」

不由三叔分辯，她拉起他就走。

千歲感喟，就在這時，他聽見母親說：「哎呀，那是三叔呀。」

千歲十分高興，「媽，你想起來了。」

「三叔說些什麼？」

「他問候你。」

「有個人回來了，那是誰？」

這時看護進來，「王太太我推你出去曬太陽。」

一連三晚，千歲都看見同一個年輕女子上他的車。

她長得標致，但是眼神滄桑，咀角微微下垂，有股特別韻味，習慣雙臂繞胸，揣着手袋，明顯見過世面，大抵不輕易信人。

衣着普通但自在的她獨自坐最後一排，見千歲注意她，並不介意，只是牽牽咀角。

她進進出出，總是選王千歲車子來坐，是為着什麼？

第四夜，車子遇到特別檢查，所有乘客需下車搜身，警察牽着狼犬過來逐輛車嗅查，分明是尋找毒品。

千歲胸口揪緊，呼吸遲滯，表面盡量鎮靜，他站到暗角去靜觀其變。

車廂裏肯定有貨物，今日，可在那年輕女子身上？

女警正仔細盤問那女客。

只見她低聲講了幾句話，女警伸手招千歲。

千歲走近。

女警說：「車子經檢查無事，你們可以上車了。」
那女乘客忽然探手進千歲臂彎，千歲一愣。但他隨機應變，這次，年輕女子坐近車頭。
女警笑說：「你看你太太對你多好，每天跟車，怕那些野花野草勾引你。」
太太？
千歲這一驚非同小可，不過，他知道好歹，這不是發作時候。
他坐上駕駛座位，警察示意他駛過。
回到市區，那女子神色自若地下車。
「喂，」千歲喊住她：「太太，我還不知你的名字。」
她笑了，「我叫蘇智。」
「蘇小姐，我倆從不認識，怎麼忽然做了夫妻。」
蘇智詫異，「你可要看結婚證書？」
千歲詫異到極點，「你說什麼？」
她自手袋裏取出一隻透明膠封，遞近千歲，千歲看得呆了，那是華北政府發出蓋印結婚證書，上具他王千歲姓名年歲地址，且有結婚合照。

千歲抬起頭，他在做夢？

蘇智輕輕說：「去吃碗雲吞麵。」

千歲下車，她又伸手臂挽着他。

千歲問：「你是王叔手下吧。」

他倆在大牌檔坐下。

她笑笑：「你說呢。」

「那張偽造結婚證書從何而來，照片肯定是電腦合拼。」

蘇智不出聲，滋味地吃起消夜，她還添叫一碗甜豆腐腦。

「你是什麼人？」

「蘇智，廿三歲，湖北人，自幼隨舅舅遷居廣州，中學程度，會說英語。」

「王叔派你跟車，是因為不信任我？」

蘇智微笑，「假設有司機連人帶貨失蹤，如何向對方交待。」

千歲歎口氣，「我以為我值得信任。」

「不怕一萬，只怕萬一。」

「你打算天天坐我的車來往嶺崗。」

「這是我工作。」

「又何需認作我妻子？」

「你看剛才那女警覺得我倆多溫馨，立即放行。」

「你同她說什麼？」

「我同她說，丈夫一次按摩，染到疾病，幾乎離婚，現在，我寸步不離。」

千歲啼笑皆非。

這番陳情剖白達到聲東擊西效果，女警即時大表同情。

「如果有幼兒同行，更加方便。」

「你這樣聰明伶俐，為什麼不做正行？」

蘇智笑了，她學着他口吻反問：「你這樣勤工好學，為什麼不做正行？」眼神滄桑畢露。

千歲無奈，「今日，貨物藏在何處？」

「坦白說，我不知道。」

「車子面積有限，我可以找得到。」

「你開車，我跟車，何必多管閑事，有本事，做夠期限脱身。」
「走得甩嗎？」
「本蘭街有的是司機，一日來往嶺崗一千轉，何必纏住你不放。」
千歲不出聲。
蘇智改變話題：「賺到錢，你打算做什麼？」
千歲答：「讓母親生活舒適點，你呢？」
「我打算開一家玩具店。」
「那很好。」
蘇智嫣然一笑，「走吧，丈夫。」
第二天晚上，司機們聚集在站頭議論紛紛，半怠工，口沫橫飛，磨拳擦掌，他們本來話就比常人多，何況真的發生大事。
「要削我們三成班次！」
「七日生效，追討我們老命，非趕盡殺絕不可。」
「官商勾結，殺盡良民。」

千歲靜靜聆聽。

「說是我們非法以嶺崗口岸作終點，嚴重影響口岸服務秩序、上落客站附近的環境及貨運，形容眾司機『失控』。」

「班次一減，候車時間相對增加，票價鐵定上升，對往返兩地市民不便，勢必轉乘另一種交通工具。」

「凡擾民政策，必飛快實施。」

「『交通部只批出五百個配額，一個配額代表一轉車，即一來一回，但業界卻超班一倍，至一千轉，令九鐵少收三億，越來越不像樣，決定規範』。」

眾司機們喃喃咒罵。

這時，忽然有人高聲唱歌洩忿：「一葉輕舟去，人隔萬重山哎喲——」

千歲覺得無奈。

乘客坐滿，司機們只得回到崗位，駛走車子。

這一行應運而生，等到運道一去，勢必沉寂。

蘇智最後一個上車。

收工後，他倆去吃消夜，蘇智吃一般粗糙平凡的食物，照樣津津有味，吃相可愛。

只有試過肚餓，或是吃完這一頓，不知下一餐從何而來的人，才會那樣惜福。

蘇智抬起頭來，「看什麼？」

千歲別轉頭去。

「像我們這種人，只有自己對自己好，否則，還有誰理我們，誰會送一塊糖，贈一件衣裳，若無打算，餓死天橋底。」

「你怎樣入行？」

「我走粵港單幫，來回帶香煙化妝品奶粉，後來，又隨人到巴黎帶名牌手袋，被他們看中。」

「也是按轉數賺取酬勞？」

「蠅頭小利。」

「一滴露水，對蜻蜓或飛蛾來說，也足夠解渴。」

「王千歲，你這個人很有趣。」

「你一個人住？」

蘇智點頭。

「我也獨居，家母仍在醫院裏。」

蘇智忽然明白他鋌而走險的原因，不禁惻然。

她看着他的一雙手，黧黑粗糙，不似斯文人，但是車裏卻有一本英文書：馬丁路德及宗教改革，這人真的十分有趣。

「有女朋友沒有？」

「我喜歡的人不喜歡我，喜歡我的人我不喜歡。」

「嘿。」蘇智笑出聲來。

「你呢？」

「我對感情深切失望。」

千歲想，一定是吃過虧。

這一個晚上，千歲忽然覺得時間易過，母親入院之後，他第一次笑，這都是因為蘇智，他倆在同一架車上。

他們在小食檔分手。

第二天早晨，千歲去看母親，她正在吃綠豆糕。

「誰送這個來？」

看護說：「一位小姐放下就走了。」

「什麼樣的小姐？」

這時千歲媽說：「醫生說我可以出院，我真想回家。」

千歲笑，「那多好，我即刻去辦手續。」

他與醫生談一會，瞭解情況，他完全放心了。

回到家，有一個打扮樸素的外籍女傭在門口等候，「王先生叫我來侍候太太。」

千歲以為是三叔，心存感激。

女傭一進門立刻動手工作，手勢熟練，經驗老到，是照顧病人專家。

不久，金源帶妻兒探訪。

那兩個孩子胖大許多，十分可愛，粗眉大眼圓頭，像煞金源，千歲媽十分喜歡。

蟠桃剝橘子給千歲媽吃，一邊嘮叨丈夫。

金源大喝一聲：「女人，你有完沒完，我說一句，你講足十句。」

千歲很覺安慰，這已是一對老夫老妻。
他們告辭後三叔也來了，三嬸像貼身膏藥似跟在身後。
千歲認為她實在沒有必要嚴厲監管三叔，不過，那是長輩的家事。
三叔詫異，「這個女傭很周到，何處找來。」
千歲一怔，不是三叔推薦，那是誰？
三叔喝一口熱茶，輕輕問千歲：「最近可有陌生人找你？」
千歲搖頭。
「千歲，有事找我商量。」
那邊三嬸已豎起耳朵。
千歲只是陪笑。
三叔低聲問千歲媽：「可是他來過？」
千歲媽反問：「誰，什麼人？」
三叔完全不得要領。
三嬸卻催他：「時間不早，我們還有別的事。」

千歲送他們出去。

回來時聽見母親笑着說：「三嬸太緊張，三叔是好男人，她大可放心。」

千歲知道母親在痊癒中。

可是他仍覺納罕，按理，他不過是眾多帶家中一名，俗稱驢子，王叔為何對他另眼相看，居然派傭人來侍候。

他的事，王叔像全知道，有這個必要嗎，他只是一個小人物。

當天晚上，千歲不見蘇智。

他照樣開車，可是，略覺失落。

他倆同車同路，命運也相同，特別投契。

車後有兩個大叔，高談闊論，把領導人當子侄一般教訓，千歲幾乎想在車上貼一個牌子：勿談國是。

可是其他乘客聽得津津有味，像是舉行論壇一般。

回程下車，千歲檢查車輛，發覺近車尾座位底下有一件大型行李，無人認領。

千歲遲疑片刻，輕輕打開，他驚叫起來。

他大聲呼叫：「救命，救命！」
行李篋裏蜷縮一個小小女孩，大約一兩歲，漆黑頭髮，手腳全是瘀痕，已經奄奄一息。
他這一叫，頓時有人圍攏。
不久警車與救護車一起趕到。
王千歲又一次到派出所錄口供。
他什麼都沒有看見，根本不覺有人攜帶該件行李上車，坐在車尾位子，正是那兩個口沫橫飛的大叔，一路上也沒有乘客發覺任何異樣。
就在眾人笑語聲中，一條小生命漸漸湮沒。
千歲問警察，「小孩還有救嗎？」
「情況危急。」
千歲疲倦，用手撐着頭，他雙手簌簌發抖。
女警說：「喝杯咖啡。」
「誰做這樣殘忍的事。」
女警沒有回答，「你可以走了。」

王千歲靜靜離去。

原來小孩不動的時候同洋娃娃一樣，那幼兒面孔祥和，根本不知死亡可怕，也已不能掙扎，聽天由命，真叫千歲心酸。

凌晨，他瞌上雙眼，做了噩夢。

夢見母親同病發之前一般殷殷垂詢：「我兒，大千世界，你去過何處，你看到了什麼？」

他流淚告訴母親：「我看到紅眼利齒怪獸，把活人一個個吞噬，可怕到極點。」

忽然怪獸紅燈籠似雙眼漸漸趨近，千歲發狂嚎叫。

他自床上跳起來，一額冷汗，天色已黎明。

微風細雨，千歲梳洗，一個人到街上透氣。

本來可以到歡喜人喝杯咖啡，可是走近，才發覺舊樓已經拆卸，地盤正開工建新廈，迅速變遷，滄海桑田，再無舊日痕跡。

千歲怔怔駐足。

有一個中年人比他先到，也抬頭呆視，像在憑吊。

終於，他們兩人四目交投。

千歲眼利，立刻低聲招呼：「王叔。」

正是他新雇主王叔。

王叔卻有點躊躇，像是不想在光天白日下認人，或被人認出。

在晨曦中，他比在黝暗車廂中蒼老。

不愧是老江湖，他神色轉為自若，似老朋友般親切，「早，千歲，你母親好嗎？」

「托賴，恢復得很快，多謝你推薦的女傭。」

「這些日子，她一直未有再婚，難為她了。」

千歲詫異，他對他的家事，瞭如指掌。

「你大伯與三叔也都很好吧。」

「過得去，大伯已經告老回鄉，三叔新近結婚。」千歲忍不住笑着補一句：「生活非常幸福。」

王叔微微笑，這時雨下得比較密。

一輛黑色房車駛近，在王叔身邊停下。

千歲連忙替他拉開車門，王叔像是還想多講幾句，可是終於上車。

千歲關上車門，不知怎地，他也想再聊一會，可是車門一關，車子已經駛走。

他躑躅回家。

母親已經起來，女傭正陪她玩牌，兩人全神貫注，醫生曾說：這也是訓練腦筋康復方法之一。

千歲去補習社上課。

他走近佈告板，員工師生有什麼消息，總是貼在上邊：外地寄來的明信片、通告、活動……

有人出讓一套三十年前的大英百科全書，也有人願替幼兒補習中英數，還有人教游泳。

沒有孔自然的消息，她像是忘記了他們。

半晌，千歲回到座位上做習作。

上完課，推開補習社大門，有人叫他：「千歲。」

千歲一抬頭，喜悅地說：「是你蘇智。」

蘇智又一次把手伸進他臂彎，身體靠得很近。

「昨晚沒看見你。」

「我不舒服，看醫生吃藥告病假。」

「你怎麼知道我在這裏？」

「車上有你課本及筆記本子，上邊都寫着精英補習社，沒想到你真是好學生，讀英語有什麼目的？」

「我這人漫無目的，去到哪裏是哪裏。」

「那也好。」

千歲握住她的手，她也沒有掙脫，誰說一紙婚約無用，就是因為那張假證書，兩人才熟不拘禮。

千歲說：「給我一個地址，見不到你，也好找你。」

蘇智感動，「那麼，請你到舍下小坐。」

千歲意外，「現在？」

「相請不如偶遇。」

「遠嗎？」

蘇智笑笑，「難不倒你。」

真的，他是職業司機。

蘇智住近郊一間十分庸俗的本地西班牙式別墅，她家在天台，推開門，有意外之喜，一屋雪白，家具簡約，一塵不染，還有一大瓶薑蘭，香氣襲人，看上去極之舒服。

「好地方。」

蘇智奉上香茗。

千歲說：「一個人。」

「一個人有一個人好處，沒有邋遢的男人用光牙膏衛生紙又不添置，不用洗他的衣服煮他那份三餐，不必應酬他親戚及豬朋狗友，月薪剩下可以全部貯起……」

千歲笑了，「我們的確不堪：毫不感恩，享盡溫柔，有時還大吼大叫，又有一個毛病叫吃着碗裏，瞧着鍋裏。」

蘇智笑，「你很瞭解男人。」

「哪裏哪裏。」

蘇智做了簡單麵食，千歲吃得很香甜。

他突發奇想：「如果我搬進來住，你會否每天煮麵？」

蘇智笑，「我剛陳列不用服侍人的好處。」

千歲慚愧，「你比我能幹，我就沒本事擁有一個自己家。」

「你要照顧母親。」

「多年來都是她照顧我。」

蘇智緩緩說：「明年中我就有足夠本錢開一爿小小玩具店，專售學前兒童益智玩具。」

千歲把昨晚車上行李篋內幼兒的事故說給蘇智知道。

蘇智動容。

「來。」她拉起他，「我們去醫院看她。」

他們一起到警署打探到地址，再趕去醫院。

看護說：「那孩子在三樓病房。」

她帶他們上去，兩人換上罩袍，走進大房。

千歲一眼就認出那小孩一頭濃髮，她正哭泣，蜷縮病床一角，發出受傷小動物般哀鳴。

看護說：「小珍，有人來看你，」一邊叮囑訪客，「緊緊擁抱，給她溫暖。」

蘇智一聲不響熟練抱起孩子，緊緊擁住。

看護說：「我們叫她小珍，每個孩子都是珍寶，你說是不是。」她歎口氣。

說也奇怪，幼兒搭在蘇智肩膀，漸止飲泣。

蘇智輕輕搖晃身體，幼兒很快睡憩。

蘇智小心放下小珍。

看護說：「王先生就是發現小珍的好心人吧，你們不必擔心，已有加國家庭願意領養小珍，他們已經輪候五年，小珍會擁有一對好父母。」

兩人知道結局，甚覺安慰。

看護送他們出病房。

蘇智輕問千歲：「放心了？」

千歲點點頭，他握住她雙手。

兩人在一起竟消磨整天。

千歲建議：「跟我回家吃飯。」

蘇智答：「還未到見伯母時間。」

「別忘記我倆結婚已近兩年。」

「王家寬宏大量，不予計較。」

千歲送她回家，「晚上再見。」

稍後，千歲到金源處加油。

金源咕噥：「你的車油箱不對了，只入三份二油便滿，怎麼一回事？」

千歲突然醒覺，抬起頭來，「換過了。」

金源大奇，「自己家裏開車行，你還到別處換油箱？」

千歲不出聲，他駕走車子。

他在嶺崗附近找到一家修車站，借了工具，把全缸汽油泵出，發覺少了三份一。

他鑽進車底細看，油箱真的已經換過。

新的油箱裏有暗格。

千歲不出聲，仍然把油入滿，付了費用，如常開工。

雨季到了。

陰天有個人撐着花傘等他，份外珍貴，蘇智手上總拿着一些糕點，有時雨像白麵筋那樣下，她會把點心紙袋收在衣襟裏，以免淋濕。

她痛惜那個吃點心的人。

千歲慣常用一把大黑傘，撐開後更像烏雲密佈，蘇智看不順眼，送他一把墨綠傘，好看得多。

那一日，他自補習社出來，不見了她，心裏打一個突，這時，忽然有人在身後拍他一下。

他轉過頭去，看到蘇智笑靨。

她伸手進他臂彎，緊緊靠住，兩個人都在笑，有點瑟縮，無限溫馨。

忽然她伸手指一指石欄，叫他看。

千歲目光朝她手指看去，只見欄杆上有兩隻小小螞蟻，揹着比牠們體積大許多的一塊樹葉，匆匆回家。

蘇智問：「像不像我們？」

像煞了撐着綠色雨傘的他倆。

千歲卻笑，「為什麼不說我們像蚯蚓？」

兩個人走到附近吃午餐。

千歲決定在那天告訴母親，他已找到伴侶。

有人比他先一步。

女傭去應門，謹慎的她認得不速之客。

那中年男子對女傭說：「同王太太說，是王先生回來了。」

女傭把千歲媽輕輕扶出，在她耳畔說了幾句，千歲媽走到門前一看，「哎呀，」她說：「你回來了。」

女傭連忙開門。

那人正是千歲知道的王叔，他吩咐隨從在門外等。

他一個人進屋坐下。

他說：「屋子同從前一模一樣。」

千歲媽輕聲問他：「你去了很久，南美洲那趟船還順利嗎？」

「過去的事不用提了，我見過千歲，與他談過幾句，他很好，我很放心。」

千歲媽答：「他不愛讀書。」

「難怪他，你我都不是讀書人，他很難坐得定。」

「還沒有對象呢。」

「好像已經找到女朋友。」
千歲媽驚喜，「他可沒把她帶回來。」
王叔凝視臉容蒼老的她，「你病好一點了。」
她吁出一口氣，「記性差多，只記得小事，像千歲喜歡吃洋蔥排骨。」
「是，他的確喜歡吃紅燒菜。」
千歲媽忽然起了疑心，「你是誰，你怎麼知道這些？」
她撐住桌子站起來。
王叔苦笑，「你不記得我了。」
她剎時間想起來，又搖頭，伸手招女傭。
她扶住女傭，「我累了，你送客吧。」
女傭扶她進房，再出來聽吩咐。
王叔只說：「你好，用心照顧王太太，別說我來過。」
女傭答是。
王叔離去，這時，他的背脊也似乎比進門時佝僂。

他那輛黑色大房車剛駛走，千歲回來了。

他一進門便興奮地叫：「媽，我有話說。」

女傭告訴他：「太太睡着了。」

「啊，那麼，明朝才說。」

他去看他母親，只見她背着他，呼吸均勻。

大床仍是那張古董藤榻，比彈簧硬得多，睡慣了卻十分舒服。

千歲小時候常在大床上聽母親講故事，又躺床上看漫畫吃零食，母親從來不趕他，直到他十二歲自己不好意思才離開大床。

他如常開工，正像蘇智所說，走上一年半載，希望可以上岸。

凌晨返家，母親仍在休息。

他輕輕坐在她身邊，「媽媽我稍後帶朋友回來見你。」

母親不出聲。

「你會喜歡她，她十分懂事，也不愛說話。」

這時女傭已站在門口。

「媽——」

女傭起了疑心，走過來把手搭在太太肩上。

千歲把母親身子輕輕扳過來，只見她臉色灰白，已無生命跡象，剎那間千歲只覺利箭鑽心。

女傭立刻出去叫醫生。

千歲一言不發，埋首母親身邊。

醫生趕來，處理一切事宜，輕輕同千歲說：「心臟自然衰竭，壽終正寢。」

千歲沒有言語。

他找到電話，與蘇智說了幾句，她隨後趕來。

她陪他奔走整日，兩人緊緊握手，藉以增加力量。

中午時分，千歲忽然想起親人，通知金源，在電話裏只聽見蟠桃號啕大哭，他這才明白，母親是永遠不會回來了。

三叔一動不動坐在客廳中央等千歲，黑衣黑褲的他深深垂頭。

這會，三嬸沒有做貼身膏藥，假想敵已不在人世，她可以放心了。

三叔抬起頭，想說什麼，但終於沒有開口。

千歲把手放在他肩膀上，三叔忽然抽噎。

辦完這件大事之後，千歲看到臉上出現第一條皺紋，接着是第二條、第十條。

他站在房裏，凝視母親遺物。

一副老花眼鏡，一疊報紙，一瓶旁氏面霜，一面鏡子，一把梳子。

抽屜裏有一本與千歲聯名的存摺。

就是那麼多。

三叔與千歲商議一些瑣事：房子可要出售，雜物如何收拾……

忽然三叔說：「她從來沒有過過好日子，不過，千歲你一直在她身邊。」

這時有人敲門，女傭去開了門。

三叔看到那個熟悉身形，雷殛般呆住。

「是你。」

來人是王叔，千歲大表訝異，「你倆一早認識？」

三叔擋在千歲面前，「你來幹什麼？」

「千歲母親已經不在，我來帶千歲走。」

什麼？

只聽得三叔說：「不行！你別碰千歲。」

「他此刻不大不小，不上不下，耽誤一生，不如跟我走，闖一闖世界。」

千歲忍不住提高聲音：「喂喂喂，你們在說什麼，王叔，你到底是什麼人？」

三叔轉過頭來，「你不知他是誰？」

千歲心裏好大一個疙瘩。

他走近一步，「你說你也姓王，你是誰？」他瞪着王叔。

「千歲，跟我走。」

「你是什麼人，你可是家父生前的朋友？」

三叔忽然發出老鴉叫般笑聲，「千歲，來見過你的好父親。」

千歲一聽退後兩步，睜大雙眼，雙手掩住胸口，像是想保護自身。

三叔說什麼？

千歲耳畔嗡嗡聲，眼前金星亂冒，可是經三叔這樣一講，七巧板歸了位，拼出一幅圖畫，過去殘缺不齊的景象，今日都得到答案。

——家裏從來沒有父親照片，大伯三叔對他絕口不提，母親並無再婚，含辛茹苦把他帶大……

千歲坐在椅子裏喘氣，他忽然聽見自己的聲音問：「這些日子，你在什麼地方？」

被頑皮同學推倒在地，他想：我沒有父親，沒人會替我出氣，看到大伯為金源籌備婚禮，他又想，我沒有父親，沒有主婚人，三嬸緊緊跟貼三叔，呵他沒有父親，寡母孑然一人。

三叔又嘶笑起來，「他在哪裏？說呀，告訴千歲，你在紐約萊加斯監獄服刑。」

「是，」王叔很鎮定，「我在牢獄裏。」

千歲用手遮住臉，很小的時候，他也會這樣做，希望放下手之後，可怕的景象會跟着消失。

三叔收斂笑容，「你因何入獄，告訴千歲，你運毒販毒，兩罪俱發。」

千歲慶幸母親已經聽不到他們爭吵。

「你憑什麼帶走千歲，你對他會有什麼好影響。」

王叔抬起頭來，雙眼發出精光，他緩緩說：「當初我們兩人同時認識傅碧暉，你駕公路車，我開計程車，我倆一般高大，但是她沒看中你，她選了我，你一直忿忿不平。」

千歲張大咀，看着三叔，又看向生父。

呵，他的粗眉大眼，有着王叔太多影子。

「我厭倦了這種勞工生涯，到紐約另尋出路，設法讓她們母子過些好日子……」他的聲音低下去。

「現在你又出現了，要讓千歲過些好日子。」三叔譏諷。

「是。」

「千歲，別讓這個人荼毒你。」

「太遲了，千歲已經加入我組織。」

三叔大吃一驚，抓住千歲手臂不放。

「同我一樣，千歲不是一個安份守己的人。」

三叔驚怖，「你們已經見過面？」

「他為我服務，已有多月。」

千歲默認。

三叔咯一聲坐倒地上。

「千歲，跟我走，你母親已經辭世，你了無牽掛，何必還窩囊地耽在這個地方。」

三叔卻喊：「千歲，回頭是岸。」

「我不會害我親生子，千歲，蘇智在等你。」

千歲舉高雙手，他倦得抬不起眼皮，累得像是拖着貨車走了十哩路。

「求求你們，我想靜一靜。」

三叔無奈，他又輸了一仗，他永遠不是這個兄弟的對手。

「千歲，運用你的良知。」

他打開門，靜靜離去。

王叔卻說：「我叫蘇智來陪你。」

千歲不出聲。

「我已買好飛機票，你與蘇智暫往巴西落腳，等候我的安排。」

他也輕輕走出寓所。

千歲只覺頭昏腦脹，他取出啤酒開瓶大口喝，雙手不住顫抖。

他輕聲嗚咽：「媽媽。」

她是他的支柱，她在生的時候，為他擋卻多少風雨。

他蜷縮在床裏醉酒昏睡。

醒來的時候天色已暗，房裏有人。

「千歲。」有人趨近，朝他臉頰呼氣。

是聰明伶俐討人歡喜的蘇智，千歲這時明白，她也是王叔安排為他作伴的人。

她輕輕問：「為什麼酒氣那麼臭惡？」

千歲頭痛欲裂。

她嘻嘻笑，「因為人體是臭皮囊吧。」

她扶他起來，給他喝清香的藥茶。

蘇智開亮一盞小小枱燈。

千歲看着她，「你一直知道王叔是誰？」

「當局者迷，你們父子長得一模一樣，你不知我知，我不知你不知，我以為你心中有數。」

「不，我一無所知。」

「現在你知道了。你一直想念生父。」

「不是那樣的父親。」

蘇智苦笑：「總比我好，我知我沒有父親。」

千歲頹然，無言。

蘇智替他敷熱毛巾。

千歲問：「你認識他多久？」

「比你略久，他極有才智，回來不久，已升上大頭目，當年入獄，他一個名字也不願透露，因此行家都看重他。」

千歲苦笑，「洋人有句俗語，叫『當心你的願望，你可能如願得償』，我一直希望有父親。」

「他已經為你做了不少。」

「我不稀罕。」

蘇智沉默，她顯然不同意，她是女人，貧女命運其慘無比，比窮男賤多七分。

千歲起床。

「你到什麼地方去？」

「上路，我只有在駕駛時才會清醒。」

「我跟你去。」

「蘇智，你對我，並非真心，你不過聽差辦事，現在可以告一段落。」

蘇智像是吃了一記耳光，半邊臉激辣辣紅起來。

她理虧，說不出話，一隻手卻伸進千歲臂彎。

千歲把她手臂甩脫，冷冷出門。

他把車超速駛往嶺崗。

公路上風勁雨急，千歲想起母親時時柔聲問他：我兒，你去過何處，年輕人你看到什麼。

他看到路中央有人打橫躺着，一地紅色液體，另外有人大叫大跳呼救。

千歲視若無睹，迎頭撞過去，那躺在公路中央受了重傷的人見車頭燈壓射過來，忽然甦醒，跳起奔向安全地，一邊大聲咒罵不願上當的司機。

千歲笑得眼淚都落下來。

他長大了，已有生活經驗，再也不那麼容易受騙。

笑意收斂，淚水卻不停流下。

原來差那麼一點，他便是三叔的兒子，難怪他痛惜他，他一直照顧他。

車子在紅燈區停下。

「先生，按摩，先生，過來休息一下。」

千歲逐個挑，看到一個眼睛大下巴尖的女子，腳步一個踉蹌，她乘機用肩膀架住他。

大家都笑了。

走進小房間，她說：「先付錢呵。」

千歲雙手扼向她脖子。

「喂，玩歸玩，先付錢。」

千歲一手掏錢，另一手漸漸扣緊。

女子氣喘，可是雙目仍然盯牢鈔票。

可憐，已經不像人了，連本能的恐懼也已失去。

不過，王千歲比她更加可憐徬徨。

他鬆開手。

這時忽然有人大力推開門。

那人衝進來，雙手狠狠推向妓女，用一支棒球棒作武器，風車似舞動。

妓女尖叫，看場的大漢吆喝着趕到，剎時間小房間裏擠滿人，都不能動彈。

「什麼事，説！」

千歲這時才看清楚，衝進房來打人的正是蘇智。

她吼：「我來帶走我丈夫，我會拚命。」

她竟追了上來。

蘇智把上衣丢給千歲。

保鏢們只覺好笑，「走，快走。」

蘇智拖着千歲離開那個地方，千歲並沒有掙扎。

蘇智坐在司機位置上，開車離去，真沒想到她還開得一手好車。

駛到市區，千歲已經沉睡，折騰竟夜，又被惡妻自溫柔鄉截返，他累得眼皮都抬不起來。

他靠在車椅上，頭仰上，張大咀，醜態畢露，扯着鼻鼾，睡了一宵。

清晨他聽到鳥鳴，睜大眼，才發覺車子停在蘇智家門口。

他舒了舒筋骨，看到蘇智從屋裏出來，手裏拿着一大杯濃茶給他漱口醒酒。

他喝一口，「糟蹋了好普洱。」

蘇智不出聲。

「老妻，昨晚多虧了你。」

他把杯子還她，開動車子。

蘇智問：「你到什麼地方去？」

「蘇智，我倆並非真夫妻。」

「心裏有話，說出來比較舒服。」

千歲熄了引擎，「講什麼？聽王叔的話，從此跟着他找生活，重蹈他覆轍，抑或回到修車行，敲敲打打一輩子？」

蘇智光火，「就你一人不甘心。」

「我行為怪誕，性情偏激，我憤世嫉俗，最難相處。你就隨得我去好了。」

他再次開動車子。

蘇智淚盈於睫。

千歲輕輕說：「小小玩具店有你一人坐鎮即可，祝你生意興隆，客似雲來。」

他把車駛回家。

只差一點點，他就把蘇智帶回家給母親看。

像她那樣精靈的女子，不愁沒有對象，生意上了軌道，更多人追求。

這十年八載市道不景氣，男人也都看開了，女子有妝奩才受歡迎。

打開家門，他看到蟠桃紅着雙眼在收拾他母親遺物。

千歲詫異，「你怎麼來了，金源與孩子們呢？」

蟠桃只說：「伯母生前對我最好，我差些就是她的媳婦。」

「這話叫金源聽見不好，彷彿我真有非份之想。」

蟠桃拭去淚水，「你說得對。」

她手裏拿着一本照片簿。

那真是老照相簿，黑色硬紙，一張張照片用四隻相角鑲起，整整齊齊，每頁都隔着一層半透明保護紙。

照片本子保存得簇新。

千歲接過，翻到第一頁。

照片裏是十六七歲的千歲媽，巧笑倩矣，一隻手放在頷下擺姿勢。

千歲不覺微笑。

蟠桃讚道：「漂亮過許多明星。」

這是真的，只是千歲更加欷歔。

他翻過另一頁。

蟠桃說：「看，大伯同三叔與她合影。」

只見梳馬尾的她穿着黃毛上衣與一條大篷裙，左邊是三叔，右邊，呵，右邊不是大伯，蟠桃看錯了，右邊是王叔，她未來丈夫，千歲的生父。

千歲哽咽。

「咦。」蟠桃終於看出來，「這不是大伯，這人比大伯年輕，他是誰？」

千歲凝視照片中的三個人。

蟠桃把照片簿放進紙箱，「我帶回家珍藏。」

千歲點點頭。

「你打算賣掉舊房子？」

千歲問：「你怎麼看？」

現在，蟠桃是他的大嫂，自己人，他徵詢她意見。

蟠桃坐下來，「千歲，你這脾氣……不如到外國看看，聽說西方風氣比較自由，藍領有地位，按時收酬，每小時四十美元，男女關係輕鬆，不一定要結婚。」

千歲微笑，「有那麼多好處？」

「你先去做開路先鋒，我們可能隨後跟來。」

「為什麼？」千歲訝異。

蟠桃笑，「兩個孩子要讀書，美加功課活絡一些。」

都想到了，是個好母親。

「你呢，你與金源會習慣嗎？」

「只好委屈一點了。」

千歲送她到門口。

「我給你做了一些菜，放冰箱裏，你自己泡個麵，伴着吃，母親不在，更要當心身體，不能叫她不安。」

「明白。」

蟠桃像是還有話要講，稍後才說：「車行需要幫手。」

長嫂為母，她擔任了小母親的角色。

千歲淋浴剃鬍，換上乾淨衣裳，又似一條好漢。

應門，看到王叔的司機。

千歲說：「你來得正好，同王叔說，我想告假，家裏有許多事需要收拾。」

司機身後走出王叔，「我明白。」

千歲看着他，不出聲。

「你辦完家事，我把整條線的生意交給你管。」

千歲讓他進屋坐下。

他有話必須盡快說清楚。

「我不想再做犯法生意。」

王叔看着他，「你這固執脾氣完全像母親。」

「大伯與三叔也並無同流合污。」

「千歲，你已經開了頭。」

「我決定臨崖勒馬。」

「為什麼？」

「母親已經辭世，我已無牽掛，我一個人吃粥吃飯，無關重要。」

「我需要一個親信。」

「外頭有的是人才。」

王叔沉默。

「我打算到美加闖一闖。」

王叔潑他冷水：「在唐人街活動：看場、打荷，都是好工作。」

千歲卻不生氣，「是，接着物色一個唐人街妹妹做妻子，她染金髮，舌頭打洞，同我一樣，中學也沒讀完。」

「我知道你生氣。」

「不，我不認識你，我對你沒有怨恨，你不騷擾我，我已經很高興。」

半晌，王叔才說：「西雅圖那戶口裏有存款。」

「我現在已不需要錢。」

千歲說得心平氣和。

王叔本來想說：我知你吃了不少苦……可是這像是老式苦情戲說白，兩個成年男子，即使是失散多年的父子，也無法講得出口。

王叔說：「有事打這個電話找我。」

他放下一張名片，轉身離去。

千歲看着他背影，只覺熟悉，原來那肩膀高低形狀，同他自己長得一模一樣，他是他生父。

大門輕輕帶上。

接着幾天，有地產經紀上來看房子。

先是經紀，接着是經理，最後，建築師也來了。

千歲發覺他們職位越高，打扮愈是整齊樸素。

建築師姓曹，廿餘歲漂亮女性，高䠷身段，進屋之前先在門口左右巡視觀察，像人家看風水般，就差沒取出羅盤。

她帶着一個助手，輕輕吩咐他：「到局裏查一查原先圖則，地質結構，以及未來五年這一區道路發展。」

她穿灰色西服，脖子上細細一串珍珠項鍊，秀麗高尚。

三十分鐘後她才進屋內打量。

她與千歲談了幾句，忽然看到案頭一本書，她輕輕讀出：「湯默斯摩亞與烏托邦。」

她忍不住說：「我在大學裏副修這個題目。」

千歲肅然起敬。

「你也讀哲學？」

千歲沒有回答。

曹則師連忙把話題歸位。

她走了之後，當天下午，地產經紀又來，給一個價錢。

她站在露台上，眺望海港，良久沒有進屋。

然後，她輕輕對千歲說：「我小時候，同父母也住在這樣一層老房子裏，然後，父親在牌局上把整幢房子輸給人家。」

每個人都有苦處，而不知怎地，王千歲的沉默使他們比較容易講出心頭話。

千歲問：「這是一個好價錢嗎？」

「比市價高出百份之三十。」

「為什麼出高價？」

「因為有人看中這個地盤，打算重建。」

「改建大廈？」

「路窄不打算開發，仍蓋三層高樓宇，不過改建獨立屋一家人住。」

「這人一定財雄勢厚。」

經紀微笑，「你不知這都會中有多少有錢人，」她又補充一句，「你也不知都會中有多少窮人。」

千歲對後者略知一些，不過他不發表意見。

「其餘各戶人家都已同意出售？」

經紀點點頭。

千歲問：「我可以抬價？」

「王先生，我幫你抬百分之十，你看如何，做買賣也講公道，需雙方舒服開心，你說是不是。」

「你很會說話。」

「每行都有規矩，也就是今日所說的職業操守，凡事不可離譜。」

「照你所說做好了。」

「那我回去匯報。」

女經紀走到門口，忽然回過頭來輕輕說：「我已結婚，有一個孩子。」

千歲一怔，沒想到陌生人會驀然說起家事來。

「孩子頑皮，不願專心讀書，家務繁重，很後悔過早結婚生子。」

她們又開始身不由己地向千歲傾訴心事，千歲不便插咀，只得點頭。

經紀輕輕吁出一口氣，「我盡快給你答覆。」

她走了。

千歲想起他已出嫁的女性朋友，她們也有同樣煩惱嗎。

金源知道消息，十分羨慕，「連一層舊樓也有際遇，何況是人，走起運來，身價百倍。」

車房裏有一輛七零八落的破車，用帆布遮住。

千歲問：「這是什麼？」

金源把帆布掀開，千歲眼前一亮，車子殘缺不齊，可是他認得它是五四年平治鷗翼跑車。

「這車從何而來？」

「一個美女送來交我們修復。」

千歲輕輕說：「在你眼中，人人均是美女，叫化子吃死蟹隻隻好，大美人小美人絕世美人罕見美人……」

金源看着他兄弟，知道他喪母之痛漸漸平復，倒也高興。

「這輛車，起碼修一年。」

千歲看一看，「梁廠有零件，陳家有機器，我都見過，又可到互聯網查一查外國有些什麼配件。」

「我的估計不錯吧，待修好了，比新車貴七倍，我同美人說：新平治也有鷗翼車門，這種車找不到泊車位，根本不適合市區用。」
「你懂什麼。」
金源嚷嚷：「我兒子都快一歲，我不懂？你連女友都沒有。」
千歲只得陪笑。
「我與蟠桃回鄉省親，你替我看好這家小廠。」
千歲答應下來，「替我問候大伯。」
第二天一早，經紀帶來臨時合約，給千歲看過。
千歲很爽快，立刻簽名。
「王先生出售舊居，打算搬到什麼地方？我倒有些主意。」
「我想到美加看看。」
「呵，原來如此，約好律師簽正式契約時我再通知你。」
千歲忽然對她說：「小孩只需活潑健康就好，功課毋需緊逼，各人有各人福份際遇。」
這等於回答她昨日牢騷。
她忽然感動，「多謝關心，」又說：「王先生，你這樣體貼，將來誰做你女伴都會幸福。」

千歲幾乎沒失聲笑出來。

他在門口碰到三叔。

「千歲，房子出售也不與我說一聲。」

「我已告知三嬸。」

三叔進門來，無限依依，四處看了一會。

「唉，舊的不去，新的不來。」他坐下長嗟短歎，「千歲，我以你為榮，你夠膽拒絕不義之財。」

千歲心裏卻十分明白，這老房子當年一定由父親置下，母親儘管賢淑，她一生未曾工作一日，從無收入。

「你媽在天之靈，一定深覺安慰。」

千歲仍然沒有回答。

「千歲你越發沉默寡言。」

「三叔，好嗎？」

他點頭，「有人照顧生活起居，到底不同，迎好與我至誠相待。」
「那多好。」
「最不放心你，最想看着你成家。」
母親也那麼說，他們老一脫的人都以為結婚是結局，這一代卻知道結婚才開始。
「他還有沒有纏住你？」
千歲搖頭。
「我不信他那麼容易放棄，你是他唯一骨血。」
這又是他們老派想法，王千歲覺得他完全是一個獨立的人，不是父母一部份。
「我憎恨鄙視他，我倆從無兄弟之情。」
稍後，他情緒平穩下來，「你要到北美？」
「不一定，也許澳洲，都是英語國家。」
「你一早學習英語，就是為着移民？」
「我覺得學好英語一定有用。」
三叔點頭，「對，旅遊車司機就需講英語。」

千歲笑了，老好人三叔的世界不比他個人大很多，在那個世界裏，唯一職業是司機，這當然也是世上最好工作。

「鄧家都沒有人了，主人統統不在，工作清閑，車子用來載女傭買菜，她們煮了自己吃，你聽我說：鄧太太在舊金山，鄧先生在上海，兩位小姐在倫敦，每個地方都有住宅工人。」

千歲不出聲。

「兩位小姐可是一點架子也無。」

千歲忽然想到皇恩浩蕩四字，他又笑起來。

「真懷念以前她們上學的時候，吱吱喳喳，像兩隻小鳥。」

三叔有點老態。

「管家答允開放游泳池給我們耍樂，我約了金源四口，你可要來？」

千歲搖頭。

「千歲，你凡事只會搖頭。」

那不是他的地頭，他不作非份之想。

金源一家回鄉，千歲一個人在車行把那輛鷗翼拆開研究，零件還未到，他已忍不住手做燒焊。

他戴着護鏡手套，幹得起勁，渾然忘我，把生活中不如意事推到腦後。出一身臭汗，回家沐浴睡覺，累得夢也來不及做，天色已亮。

他根本不知有人站在車房門口看他操作。

那是蘇智嗎，不，不是精靈的蘇智，她懂得什麼時候知難而退，她把寶貴時間用在籌備她的小小玩具店。

那是另外一個女子。

她看到車房技工那圓潤堅實胸口與肩膀，腹肌像洗衣板般精瘦，只穿一條破褲，埋頭工作。

汗水自他背脊流下，一直匯到腰下，混身發出棕色亮光，女子呆視。

世上竟有這樣漂亮身形。

她的伴侶一身羊脂白肉，通體脂肪在全身打圈，她曾笑謔他應當穿上胸罩腰封。

只是，這人很會做生意，長袖善舞，兼對女人慷慨，彌補其餘短處。

她已在車房門口看了好幾次，然後一言不發離去，始終沒有開口說話。

她正是那輛鷗翼跑車的主人。

那一天她剛想走，技工叫住她：「你找誰？」

她轉過身子，看到技工除下眼罩，粗眉大眼，像東洋漫畫裏主角。

她輕輕說：「我來看看進度。」

千歲詫異，「你是車主？」

金源說車主是美人，這個女子長得不難看，可是年輕人心目中美女應當在十六歲與二十六歲之間，這位女士年紀不輕了。

「是，我是車主。」

千歲笑，「過三個月再來吧，這可是長壽工夫。」

「車房主人不在？」

「他回鄉探親。」

「有無困難？」

千歲答：「比新車貴多了。」

她忽然說：「我少年時見過這輛跑車，」聲音越來越低，「它有紅色真皮座位，銀色車身，他的主人，是家父朋友，他時時載着美女兜風。」

千歲已經見怪不怪，世人多寂寞，也很喜歡傾訴。

「十多歲的我一直希望長大後可以坐上這輛車子，卻失去機會。」

後來呢？

「後來，他移民北國，再無音訊，可是，我永遠記得這輛跑車，希望你可以將它修復回昔日光輝。」

千歲覺得故事盪氣迴腸。

終於那女士說：「我改天再來。」

千歲說：「不送。」

女士離去。

許多人長大後精魂會幻變成粉蝶飛撲向童年草原，尋找昔日夢想，醒來後盡一切力量圓夢。

這輛銀身紅椅的跑車代表女士少年時美好的一切吧，她念念不忘，戀戀不已。

王千歲的願望又是什麼？

他着手辦理移居手續。

千歲找來歷史書籍細讀，嚇出一身冷汗，原來這些國家都有排華不良記錄，有的近在四六年才撤消排華法，有的至今尚有政客公然堅持白皮政策。

他躊躇。

正在這個時候，蟠桃找他：「千歲，我做了幾個菜，請你吃飯。」

「什麼事？」千歲順口問。

「千歲，是你生日。」

千歲這才恍然大悟，連接發生那麼多事，連生日也忘記了，又想到生他的母親已經不在人世，千歲哽咽。

「七時正恭候。」

千歲帶了玩具糕點上門做貴賓。

金源熱情歡迎，酒醉飯飽，話題忽然趨向正經。

「原來共有一萬多名司機跑嶺崗這條路。」

蟠桃說：「我的舅父上個月才入行。」

千歲詫異，「有什麼事嗎？」

「實不相瞞，」蟠桃坐到他身邊，「千歲，我有事相求。」

千歲連忙說：「有事大家商量。」

金源在一邊不出聲。

蟠桃輕輕說：「千歲，我舅父上週末在嶺崗遭人綁架，綁匪索價二十萬。」

千歲愣住，「報了警沒有？」

「警力不足，舅母不敢輕舉妄動。」

千歲也着急，「救人要緊。」

「贖款經討價還價，已低到七萬，舅母打算即時付款，可是又沒有把握，付款後一定放人。」

金源問：「千歲，給你會怎麼做？」

千歲沒想到飯後會有這一道甜品，食物頓時塞在胃裏難以消化。

「千歲，見舅如見娘，無論如何，請你幫我救回舅父。」

千歲莫名其妙，「我該怎麼做？」

金源兩夫妻沉默。

過一會，金源説：「千歲，我們都知道了。」

千歲似丈八金剛摸不着頭腦，「知道什麼？」

金源沉不住氣：「千歲，你生父回來了，他是有勢力人士，你托他説句話，把蟠桃舅父放出來。」

千歲呆住。

他們什麼都知道，可是在他面前，一點風聲也不露，都比他厲害。

「由三叔把這事告訴我父親，父親轉告我。」

蟠桃接着説：「千歲，自己人，你無論如何幫我們這個忙，請他老人家出面，放我舅父回來，七萬元我們一定照付，請他保證人身安全。」

她大聲叫兩個孩子名字。

孩子們自房中走出來。

蟠桃説：「媽媽如何教你們？」

兩個胖小孩忽然噗一聲跪倒在地，向千歲叩頭。

千歲跳起來抱住兩個孩子，「有話慢慢說，別緊張。」

金源說：「千歲，最近三個月發生好幾件綁架案。」

蟠桃放聲大哭。

「都由苦主家屬付了贖金才放人，事主飽受恐嚇毒打，千歲，你別遲疑，救人要緊，舉手之勞，你打個電話，他一定答應。」

千歲忽然清醒過來。

他沉默無言。

金源掏出千歲的手提電話，交到千歲手中。

千歲歎口氣。

蟠桃遞上一張紙，上邊寫着她舅父的資料，還有一張照片。

「你們是父子，他一定答允你。」

千歲額頭全是汗，「我回家想想。」

蟠桃說：「千歲，你需當着我面把話說清楚。」

金源把電話放他手中。

千歲想了想，按一個鈕，電話接通，他低聲說了幾句，把事主姓名年歲地址報上：「願付贖金，請安全放人。」

然後，他按熄電話。

金源夫婦如釋重負，他倆也是為勢所逼。

「我讓舅母同外甥們親自向你道謝。」

千歲搖手，取過外套離去。

回到車上，他靜靜取出手提電話，按剛才那個鈕，只聽到兩聲響，有人來接，卻是一段電話錄音：「這裏是英語補習社，辦公時間星期一至六上午十時至晚上十時，星期天休息，如欲留言，請按一字，如欲詢問……」

千歲並沒有撥電話給王叔。

對不起金源，對不起蟠桃。

雖然人命關天，但是他王千歲有生之年都不想再同這路人搭上任何關係。

即使他自己的性命在這路人手上，他也不會開聲求救。

他不能打這個電話，他若出聲求他，以後一輩子再也還不清債項，他又得與他糾纏不清。

已是離開這個城市的時候了。

這個消息很快就會傳開，一傳十，十傳百，不消一會，嶺崗大道上有什麼差錯，都會有人來找王千歲。

第二天一早，電話鈴響。

是金源的聲音：「千歲，謝謝你，舅父安然抵家。」

千歲放下心中一塊大石。

「多謝你及王叔幫忙。」

果然不出他所料，對方不過是為着求財。

「舅父決定轉行——」

「我還有點事。」

金源識趣，「是是，我們改天再談。」他掛上電話。

千歲捧着頭長歎一聲，幸虧放了人，否則，他一輩子內疚。

中午他到旅行社報名參加北美旅行團。

「越快越好。」

「真的要快，今日下午就有一團出發，尚有兩個空位，不過，來不及申請美國入境證。」

「我單走加國好了。」

「那麼，我們幫你扣除一程飛機票。」

旅行社辦事極有效率，千歲順利取得飛機票。

他沒有知會任何人，踏上旅程。

帶隊是一個妙齡女子，坐在他身邊。

「王先生，我叫劉安妮。」

千歲整程時間都沒說話。

其餘團友卻興高采烈，情緒與他形成對比，他們有說不完的共同話題，而且十多人一下子熟絡得似老朋友，有些探親，有些探路，互相交換情報。

「最近他們樓價上漲。」

「咄，前後花園二十萬足夠應付。」

「你替我找十間，我馬上同你買下來，哈哈哈。」

「學校怎樣？聽說公校人雜，非讀私校不可。」

「平治車極便宜，與新加坡的車價是一比五，即人家一輛在多倫多可買五部。」

「沒差那麼遠吧。」

「你去打聽一下便知。」

這還是千歲頭一趟乘長途飛機，他聽人說要多喝水，到處走走。

他帶着一本書，取出細讀。

太陽下山，眾旅客在飛機隆隆引擎聲中打盹。

安妮小心幫旅客填寫表格。

她留意到王千歲看的書叫「英美之間千絲萬縷歷史關係」。

這人好學，她想，其餘旅客不是玩撲克就是電子遊戲。

安妮打一個呵欠。

艙窗外是一片灰紫色天空，人類飛行的願望終於達到。

就在這個時候，乘客忽然聽到叮一聲鐘聲。

飛機師長這樣說：「各位旅客，前方有一股氣流，請綁好安全帶。」

乘客醒轉，還來不及有任何行動，飛機艙忽然強力震盪一下。

眾人驚呼。

最奇突的事情發生了，飛機忽然沉降，所有餐具雜物飛上艙頂，有人來不及繫安全帶，他們四圍亂撞，接着撲向別的乘客。

餐卡自走廊飛出，重重擊向座位，汽水罐成為炮彈般武器，擊向人體。

跟着，氧氣罩落下，千歲聽見哭叫聲。

廣播這樣說：「鎮定，鎮定，氣流很快過去。」

千歲很冷靜。

他是職業司機，旅途意外，司空見慣，只不過這次兩百多乘客浮在高空，情況更加危急。

飛機又再強烈震動兩下，忽然靜止。

整個過程像強烈地震一般，歷時不過一兩分鐘，可是對於當事人來說，卻像一輩子那樣長。

只見艙內似刮過龍捲風，體無完膚，手提行李滾得四處都是，乘客大聲號哭，有人嘔吐，有人流血，有人倒在座位呻吟。

服務員驚魂甫定，立刻出來幫助善後。

千歲伸動四肢，呵，他無恙，轉頭只見安妮咀角瘀腫，像是給硬物擊中。

「你還可以嗎？」

「我沒事。」她迅速鬆開安全帶，馬上去照顧團友。

千歲暗暗佩服。

乘客中有醫務人員，紛紛自告奮勇，照料傷者。

千歲觀察過後，鬆一口氣，無人嚴重受傷，受驚婦孺也漸漸安靜。

安妮蹲在走廊，不住安撫她的旅客。

這時，淘氣的飛機若無其事般恢復安穩飛行。

服務員呼籲各人坐好，「飛機將要降落溫哥華，一切安全，請各位坐好。」

一個頭上撞起腫瘤的小女孩忽然大聲說：「我要回家！」

大家都覺得千真萬確，當然家裏最好。

只有千歲，不聲不響。

他無家可歸，他只得一直向前走下去。

真沒想到陸路不好走，空中更艱難。

劉安妮鬆口氣，到這個時候才有時間查看自己咀角傷口。

千歲輕聲說：「我幫你看看。」

安妮張大咀。

她只是牙肉碰傷，無大礙，一口雪白整齊牙齒，口氣芬芳。

「着陸回到酒店記得用藥水漱口。」

「謝謝你。」

「我聽到很多人客發誓不再乘搭飛機。」

安妮說：「一天後他們會把這件事津津有味告知親友。」

她對人性很有充份瞭解。

飛機一小時後安全着陸。

海關安排了救護車，有幾個乘客懷疑骨折，又有人受驚過度，都需要觀察。

護理人員搶上飛機艙。

沒有受傷的乘客獲得安排在另一條通道離去。

安妮數了數團友，十多人披頭散髮，衣冠不整，可幸身體無恙，她鬆口氣，忽覺得腳軟，蹲下來。

千歲用雙臂架起她。

他在她耳畔說：「到了。」

不知是誰的橘子汁全倒在千歲身上，斑斑駁駁，似打過架，他取過手提行李，跟着其他旅客陸續下飛機。

海關安排他們在另一處集合。

「受驚了。」

「沒事嗎。」

「這邊有茶水，請用。」

「有無投訴？」

照呼周到。

劉安妮向海關人員說：「我是帶隊，這十七人全是團友。」她捂着明顯紅腫的咀角，楚楚可憐。

十多人蹣跚順利過關，行李全沒有打開。

旅行車緩緩駛近。

有人喜極而泣，「哎，雙足着地真好。」

安妮等每個人上了車，她才坐好，叫司機開車駛往酒店。

她輕輕說：「這一程好長。」

千歲點點頭。

安妮忽然嫣然一笑，像是終於順利完成任務，十分高興。

千歲往窗外看去，只見街道寬闊，林蔭處處，十分清靜整潔。

這會是一個讀書安居的好地方。

團友們又活躍起來，敘述剛才驚人情況，吱吱喳喳，忙着致電親友。

安妮輕輕問：「你在此地可有熟人？」

千歲搖搖頭。

「一個朋友也沒有？」

千歲不語。

「我也是你朋友呀。」

千歲意外，「你住溫市？」

「是，我家在此，兩邊帶隊走，我持雙重護照。」

「你很能幹。」這是由衷之言。

「多謝誇獎。」安妮又笑。

經過剛才那一幕九霄驚魂，他倆也熟絡了，千歲說：「向你請教，我想找一間小公寓住下來。」

「遊客可居留九十天。」

「之後呢？」

安妮很直爽，「三個月內慢慢計議，不用心急。」

「那麼勞駕你幫忙。」

「沒有問題，我有熟人，你想要一房還是兩房，連家具可好？」

千歲放心了。

旅遊車抵達一間三星級酒店，安妮又忙起來，她急着分配旅客房間。

千歲走到餐廳叫杯熱咖啡給安妮，她投上感激眼神。

千歲在餐廳等她。

這時，安妮的手提電話響了。

她連忙接聽。

一聽到對方聲音，她立刻笑容滿臉，壓低聲音：「一切無恙，是，千歲肯定是名福將，不，他茫然不覺，貨就在他手提包裏，我已取回，叫彼得來拿？好極，我明白，我懂得怎麼做，我已取得他信任。」

她關上電話。

有一個穿司機制服的年輕人接近她，她把一疊代用券交給他。

劉安妮已完全任務。

不過，她還有更重要的事做。

她走近餐廳，笑着同千歲說：「非人生活。」

千歲絲毫沒有疑心，「你做得成績超卓。」

「我叫人陪你看公寓。」

他對好看的女子那樣警惕，始終防不勝防。

第二天，千歲跟大家在市內觀光。

他見有華文報紙，買來翻閱，只見第一版頭條是：卡加利隊飲恨史丹利盃，加國冰棍十年夢醒，千歲訝異到極點，這算是什麼頭條？

死人塌樓戰爭疾病幫派械鬥才是頭條新聞呀。

他接着有頓悟：那當然是因為那種大事在這裏罕見緣故，呵，土地浩瀚，卻小鎮風味，有人會十分欣喜，有人會覺得沉悶難熬。

接着，他們在街頭看到電視攝製隊記者採訪新聞，截住途人，問他：「下月聯邦大選，你心目中誰是總理人選？」

那白皮膚年輕男子笑嘻嘻回答：「呵對，誰是候選人？現任總理是馬田，還有一個年輕人與一個鬍髭客，對不對？」

千歲聽得睜大雙眼。

安妮把他拉到一邊，「當心把你也拍進去。」

千歲大惑不解：「如此不關心本國政治，意料之外。」

安妮笑嘻嘻，「不關心政治也是自由，日出而作，日落而息，帝力與我何有哉。」

千歲是個聰明人，他頓時明白了，「是，是！說得好，這便是我想居留的地方。」

「你住上三個月再說，有人悶得喊救命。」

當天下午，安妮的經紀朋友陪千歲在市區找到公寓房子，步行就可以到達所有設施：超市、郵局、補習社、公眾泳池……連簡單家具，租金才數百元。

安妮笑說：「有幾位男士想觀光當地夜生活，你可有興趣？」

「此地有夜生活？」

「嘿，豐富得很呢，五光十色，美不勝收。」

「對不起，我習慣早睡早起。」

第二天，團友到滑雪勝地觀光，千歲離隊去報讀英語。

安妮在吊車上又接到一通電話。

「他沒來，他是有為青年，抓緊寶貴時光學習及瞭解民生，看樣子暫時不打算回家。」

對方說：「你做得很好，盡量使他安頓，介紹工作給他。」

「明白。」

「你這次帶貨的酬勞已送到府上。」

安妮輕輕說：「多謝王叔。」

她把手提電話收起。

是，對方正是王叔，千歲的生父。

不，千歲沒有擺脫他，他如影隨形，追隨親兒。

那天下午，安妮趁女團友往商場瘋狂購物，抽空與千歲喝茶。

千歲伸個懶腰，「多年來過着刀頭舔血的生活，今日猛地抬頭，忽然看到藍天白雲，我不走了。」

安妮忍不住笑，「聽你口角活脱像個厭世老江湖。」

千歲說：「假如找得到工作，就十全十美。」

「你是遊客，沒有工作證，很難做正規工作，我托人看看有無臨時工。」

「我會修車。」

「車房技工？唷，求之不得，這邊的技工像水喉匠都是小富。」

千歲笑起來。

他心頭陰霾彷彿一掃而空。

安妮說：「晚上，我請你吃阿拉斯加京王大蟹。」

千歲十分歡喜，「真慶幸認識你。」

安妮不出聲，她喝口茶遮窘。

只聽得千歲說：「沒想到會走到這裏來，你說，一個人的際遇奇不奇，到底我們走哪條路，是否早已注定。」

安妮緩緩回答：「有時，性格也控制命運。」

千歲忽然感慨，「我說不，命運似一隻大手，推着我們向前走，掙扎無效，他遲早把我們推上他選擇的路。」

安妮看着千歲稚氣英俊的臉，像她同輩女子一般，她樂意親近他，她喜歡他，可是，她有任務在身，她需與他維持適當距離。

她只是王叔手下一枚棋子。

「——你說是不是？」

安妮停止沉思，笑答：「你說得對。」

千歲看到女團友們拎着大包小包朝這邊操過來，笑說：「找你呢。」

「明天我們往省府維多利亞觀光。」

「我得添置些日用品。」

「那麼，晚上給你打電話。」

千歲點點頭，站起來離開商場。

安妮的電話又響。

「是，王叔，他很好，我懂得含蓄，你放心，這樣吧，我每天一早一夜向你匯報……」

千歲已經走遠。

一個人走的路，其實並不由他控制。

亦舒
小說

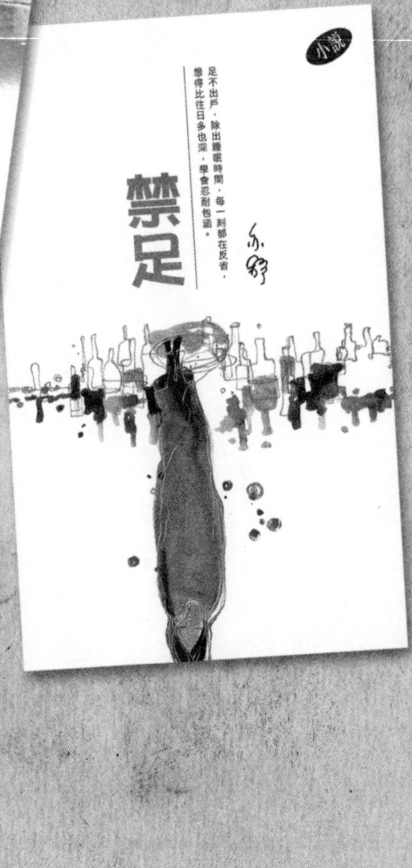

小說
地盡頭
半年、一年、兩年，然後呢，一個月兩個月三個月。
大家都那麼年輕，一生卻是那麼悠久的歲月，以後呢？
他與她都可能遇見更可愛更新鮮的人，總有一人要再度失望。
抑或，不要怕失去，勇往直前，一次又一次，尋求短暫歡愉。
亦舒

小說
愛情慢慢殺死你
子山看到幾個年輕男子長得像希臘神話裡愛神維納斯的男朋友，阿同斯，他吃驚，流年暗度，他已經算是老醜。
亦舒